太阳·乾星

TAIYO PLANET
OHTA TAKAHIRO

[日] 太田阳太郎 著

目录 Contents

太阳 001

行星 087

太阳

严格来说，太阳并不是在燃烧。

　　所谓"燃烧"现象，是指伴有发热和火焰的急剧氧化，而太阳发光和那种可燃物与氧结合的现象并不同——是原子核之间在融合。最为单纯的元素——氢，四个氢原子发生核聚变，变化为氦。这时候，原先的氢和新生成的氦在总质量上产生了差异，相差部分的质量则转化为能量释放。地球人之所以视之为莫大的能量，纯粹是因为日常生活中没有发生质量向能量的转换，也就是说，是因为不习惯。不过对太阳来说，这种现象已经见怪不怪了，就算形容为能量不足也不为过。通过核聚变的连锁反应，太阳持续发光，但对太阳而言，也只是进展到氦之间的结合而已。更具质量的恒星会在聚变至铁才能稳定下来，太阳则无法达至这个地步。只不过，即便是比太阳更具质量的恒星，要推进至比铁更进一步的核聚变——毕竟铁是相当稳定的物质了——也需要相当多的能量。木炭在燃烧的过程中，是从表面向中心化成灰烬的，但恒星却是从中心开始变成铁的，一边变成铁，一边持续发光。当质量超过某个阈值时，恒星最终会无法承受自重，从而被挤垮，爆炸。恒星吸收爆炸产生的能量，再由铁核聚变为更重的元素，从铀到钚、钇、锆、碘、氙、铯、镧、银、铂，然后，是金。

　　像这样，金终于产生了。不过，这种现象只发生在某些拥有超过阈值的质量的恒星上，与太阳无关。

　　为此——

　　金啊。

金。

金。

金乃我所需。

春日晴臣痛切地恳求着。他这个自太阳数起第三个星球的居民想要的东西，不产生自太阳。其实，他此时想要的东西是金，也不是金，但若细究，想来可以说二者均可。因为金在人们的社会里被高价交易，用少量的金换取许多钱。不过，若再进一步细究，也可以说，这二者春日晴臣都不需要。对于此时的春日晴臣而言，假如跟前这位"送健康"姑娘如他所愿与他交欢的话，他根本不需要金。身为大学教授的春日晴臣定好了：每个月的第二、第四个周五"买服务"。

这一天，春日晴臣像往常一样上完课，返回学校只配给专任教师的个人办公室，收拾一下东西，便搭乘电车前往新宿。然后，他给自己在课间兴致勃勃挑选的"送健康店"打电话，指定想要的女子。最先查询的女子预约已满，但这点小意外不会让春日晴臣慌乱。他预料到了这种可能性，已有第一至第五备用人选。至第三人选，他都被拒绝了，但第四人选有空。尽管有点遗憾，但他还是在新宿的酒店等待"送健康"姑娘到来，晃起脚来。人称这是"穷晃腿"，但春日晴臣年轻时通过努力和忍耐结出硕果，如今已贵为大学专任教授，工资收入是国内平均收入的两倍以上。不过，从副教授晋升至教授期间的投资并不顺利，因此他近来闲钱匮乏。借钱炒股遇上股市低迷，与预期相反。虽不至于要为明天的钱发愁，但只要闲钱少于一定数额，春日晴臣就会紧张。对他来说，这可不是安安稳稳"买服务"的时候。然而，他要买。他有很大决心维持这个习惯。

有人敲门，声音在空荡荡的房间里回响。春日晴臣停止晃腿，站起来开门。他看见站在跟前的女子，心想：太好了，她的模样比想象中的要端正。再者，这模样也符合春日晴臣的喜好。该店主页的照片上，女子的眼部都模糊化了，只能从脸部和身体轮廓来判断——但春日晴臣猜对了，不愧是自己呀！春日晴臣把这名女子从上到下打量一番，挑起自己的兴致之后，便招呼对方进房。

房间狭窄，床边只有一个小小的床头柜，连张椅子都没有。女子将掉皮明显的拼皮手袋放在床头柜上，抬起眼，看向春日晴臣，嘴角的笑意衬托着大大的杏眼。她发问："要洗个淋浴吗？"

"好哇，好哇。来吧。嗯，你好可爱啊，我今天运气真好。"春日晴臣说话像齿间漏气似的，一如往常地喋喋不休。

他已经开始脱衣服了。他脱下外衣放在床上，解开皮带，一下子脱掉长裤，依次脱下立领衬衫和圆领棉毛衫，裤衩也脱了，除了袜子，身上的衣物就一丝不挂了。他就这副模样将圆领衬衫挂上衣架，其上再挂上立领衬衫，之后挂上西服套装的上衣。长裤用另一个衣架挂上，最后脱下袜子——已经很习惯了。一看，那女子也已经准备就绪。春日晴臣看着女子，情绪低落下来。她的身体与那副佳容相比可就一般了。春日晴臣并不渴求过多，却是在乎形与色的人。在脱衣服前，他都无法得知这些情况。依春日晴臣鉴定，此女子胸部应有D罩杯或者E罩杯，但年纪轻轻就有点下垂了，令人扫兴。不过也还好啦，好歹对方的脸孔是春日晴臣非常喜欢的类型，所以他收拾心情，牵起女子的手走进了淋浴间。春日晴臣在这时又察觉一件败兴的事情——当那女子机械性地询问"水温如何""有没有其他要洗的地方"时，露出了左手腕处的粉红色隆起。

开什么玩笑啊，春日晴臣心想。他受不了有割腕痕迹的女子，在听课的学生之中，偶尔看见有同样伤痕的人，大多是女子。这是一般情况吗？抑或只是自己没有留意男人的手腕？总之，割腕人的存在让他感到烦躁。他试图不去在意烦躁的根源。春日晴臣很生气，在女子用起泡的香皂轻轻洗胸部时，他粗暴地揽过对方的身体，享受滑溜的肌肤触感，与此同时，缓缓地把唇贴在她的唇上，细看那美丽的容颜。女子没有抗拒。然而，在观察女子面孔时，他又察觉到扫兴的事实。

什么啊，这是整容的吗？擦过鼻子的触感，挨近看就能看出来的内眼角刀痕，要找的话，也许还能发现更多动刀的痕迹，但春日晴臣不想再泄气了，他闭上眼睛再慢慢睁开，决定不再观察，只是享受女子的触感。自己只是因为太喜欢这张脸，所以才有了期待而已。整不整容、胸部下垂程度……这都无所谓。整体来看，对方还是个十分合适的女人嘛。每个月的第二、第四周的周五，必须好好享受兴奋感。春日晴臣先走出淋浴间，用毛巾擦去身上的水，坐在床上等待那女子。

接受了一套服务之后，春日晴臣开始发挥本领了。舒爽之后的他开始谈判，提出进行"送健康店"禁止的进一步行为。当然不是说让对方免费提供，但要多少钱她才肯接受呢？

"不行的呀。"女子答道。伴随金钱交易的性行为，不仅仅是店里禁止的，原本就是违法的。当然，春日晴臣无不知晓。然而，身经百战的他并不会就此放弃。虽说在不断加钱，但每次也就增加两三千日元，试探对方价格。根据春日晴臣的经验，即便女子面露难色，但约半数都会根据金额接受下来。他感觉这回的女子不擅推辞，应该行得通，但她就是不点头。春日晴臣入了戏，兴奋起来，最终刹不住车，等回过神来，自己竟已出了十万日元的价码。这可是破格的金额。往常是一般收费外加五千日元的程度，再高充其量也就两万日元，超过这个数字，他就会当作没缘分而放弃，不再穷追不舍。不过此时不同，也许春日晴臣是受了投资连连败北的影响吧，在"买服务"方面一掷千金莫名让他神清气爽。然而，他手头并没有十万日元。虽然银行账户上有，但鉴于投资的情况，有可能需要加保证金，不用为宜。

"哎！"春日晴臣叹息道。

金啊。

金。

金。

金乃我所需。

自己需要更多的钱。然而，在女子寸步不让的情况下，紊乱的亢奋感也渐渐平息下来，春日晴臣转念觉得出十万日元太昂贵了。自己以为出钱就能搞定，眼前的美丽女子则像看见了脏东西般一直摇头。于是，春日晴臣在金钱不足的情况下撤回了要求，他心想，接下来，要是自己离开此地回家的话，人生也不会受到任何影响。

与女人和金钱相关的情欲已被填满，春日晴臣沉浸在安心感之中。二人默默穿上衣服，离开了酒店。

应约去见春日晴臣的女子叫高桥塔子。她独自一人时就会联络"送健康店"。她死死盯着转暗的显示屏，像看一件出乎意料的东西似的看着自己的脸，然后将手机放入手袋，返回坡道上的旧公寓房间。这里是她等候任务的地方。高桥塔子用"穗香"这个名字在这家店登记。在"穗香"之前，她也有过别的名字。直到上个月，她还以"柳原未央香"的身份，准备努力成为一个偶像。春日晴臣察觉了整容手术的痕迹，但那也是她晋身演艺界的准备工作之一。当然，仅仅整好了一张脸并非就能成为偶像，任何时代，大众追求的都是话题性。在表示对高水平的幸福或不幸的宽容程度，也就是所谓的"古吉拉特指数"方面，日本的平均得分在65以上，并且在发达国家之中也比较高。要想在这个国家成为偶像，可得营造相当的话题性。

演艺事务所的社长在新宿发掘到二十岁刚出头的高桥塔子，想为她包装上某种有辨识度的经历，于是费点心思问出她的身世。而唯一可以发挥的，是她朋友的故事——朋友成长于一个富裕的单亲父女家庭，社长借用这个故事，再弄出金句"斜阳贫穷偶像"这么个卖点，打造了柳原未央香的半生轶闻。事先宣传她"身世背景的冲击程度超越一般贫穷偶像，经历难以启齿的神秘五年时光后出道，现正寻找母亲"的背景，将她十五至二十岁期间设定为"神秘时期"，即便电视台或杂志的采访问及，也得答复"不太方便说"。演艺事务所在这方向加紧宣传，漫画杂志和深夜电视节目也都中计，决定捧此人。前者决定刊载掺杂有柳原未央香的"斜阳轶事"的泳装照，后者则拍摄由其本人出演的视频，重现自己的半生。两者都已经完成拍摄了，结果视频和杂志均不能问世。临近出道的某天，一名数年前起就以"贫穷偶像"为卖点的女演员自杀了，杂志和电视台都要整顿，此事也就不了了之。

一旦受挫，想再有捧红的机会就难了。加上演艺事务所的爱田创太社长自二〇一一年三月十一日的地震之后便感受到潮流在变：将不幸作为卖点，不像之前那么简单了！即便他确信卖惨卖到近乎滑稽、非人道地步，或许还行得通，但已经是过去的事情了。他断定"贫穷偶像"再无市场了。此时此刻，思维要转移到如何撤退、止损上来。该如何回收为营销投下的钱？如何让高桥塔子接受？即便爱田创太没有向她婆婆妈妈地唠叨，高桥塔子也听得出他的言下之意。她抚摸着手腕上的伤痕，早已放下了"柳原未央香"的名头。她因好友之死，十几岁出来混社会，一路走来改名换姓。她在新宿的卡巴莱式俱乐部认识爱田创太时，报的名字是"香织"，而在前一家店报的是另一个名字。再往前说，从在老家时起，她和好朋友之间就用本名之外的名字彼此称呼了。二人觉得，扔掉名字，伴着名字的脏东西也随之剥离了。虽感觉正在靠近某种地方，但她们也不明白那是不是自己喜欢的地方。时至今日，她们也不会想起自己最初的名字了。

"柳原未央香"不隐瞒遭受过的不幸——这是原定要采取的、别具一格的人物设定方针，为此不会隐藏自己割腕的伤痕。照此设定，作为偶像的她克服了伤害自己的恶习，而那么一来，就只好委屈现实中的她忍受一下割腕了。若被问及伤痕，就回答"是那样的呀，有过许多艰难时刻"。二〇一一年三月十一日前的爱田创太认为，这招肯定奏效。的确，如果不发生地震，也许有十分胜算。因为在当时的日本，平均古吉拉特指数一直上升，照那个趋势发展，肯定会超过70。然而在地震的影响下，古吉拉特指数掉头向下，降低了。在这种情况下，宣传偶像不幸福，而且在少女时期遭受过虐待，想以此引人注目，实在是太不谨慎了。作为结果，为了回收花费在推出"柳原未央香"身上的资金，高桥塔子不得不以"穗香"的身份在"送健康店"里上班。不幸没有被公众分担，而是留在了弱者身上，继续伤害着他或者她罢了。考虑到日本今后的平均古吉拉特指数将再度顺利上升，可以说，不幸只落在一部分人身上是不合理的。

表面上是高桥塔子听信了爱田创太的花言巧语，实际上她连爱田创太说服自己的话都没记住，只记得他当时的表情。对她而言，那副表情是熟悉的——瞪大的眼睛、扩张的鼻孔、几乎贴过来的脸。即便她想逃,前面必定还有另一个同样脸孔的人等着。那是她出走以来,见怪不怪的一副副面孔了。不知不觉中,高桥塔子已变得能像对待闲事般处理自己那被卷入男人欲求的身体或者感情了。不过,心里有时也会突如其来地刮起感情风暴,由平时的顺从变为不得不全部拒绝。刚才春日晴臣纠缠不休、提高金额的时候,她的脑海也被愤怒烧得通红,而不是为自己身价暴涨吃惊。即便此刻已离开酒店,她仍感恶心,仿佛肺部在膨胀。高桥塔子憎恶金钱,她似乎认为所有金钱都以"让人服从"为存在目的。可以说,这是偏见。

一般人会尽可能地收集金钱,当中甚至有人要制造它,那些人被称为炼金术师。在古希腊时代,亚里士多德认为万物由火、土壤、空气、水这四元素产生,联想到若将元素分解、重组,或许就可以生成一切物质。炼金术的历史由此开始。试错的结果,产生的东西并不是金,而是一种难看的混合物,这种物质近似于发着钝光的黄铜。之后,炼金术被伊斯兰世界继承,开始呈现魔术般的样貌,又通过最为频繁的传播形式之一——战争,传入西欧。渴求获得金子的过程,产生了许许多多意想不到的成果。蒸馏技术取得进步,人们可以精制高纯度酒精;还偶然地发明了火药;发现了硝酸、硫酸、盐酸、王水等有科研作用的溶液。炼金术师们之所以努力研究溶液,是因为他们想制造出"万物溶解液"。溶解物质,将其分解为四种元素,即生成一切物质的开端。然而,用硫酸充分溶解了物质,却根本不能将物质分解为四种元素。因为元素本来就不止四种,若非进行核聚变,就造不出金子,传到西洋的炼金术走进了死胡同。另一方面,在东洋以另一种起源诞生的炼金术,则被视为成仙之路。炼成不老不死的"仙丹"是东洋炼金术的目的，炼金纯粹是为了获得成仙前的生活费。炼成不老不死的妙药"宜利思尔"也是西洋炼金术的终极目标之一，但东西方的炼金术非但没有获得不老不死妙药，就连金子也没炼成。因为，要使能生成金的核聚变发生，必须要有巨大的能量，而这种能量就连太阳也无法提供。既然挑战极限也没能达成目标，那只好探索其他方法了。比如，距离春日晴臣所属的大学一万四千公里、位于非洲大陆中央的东戈·迪奥姆，他获取金子的方法，就比炼金有效率得多。

东戈·迪奥姆为了获得金子，利用了生物的繁殖。他所生产的东西，是近在咫尺、昂贵且畅销的生物——人。东戈·迪奥姆自身也属于同一种生物，但他认为不应局限于同族意识，而是要卖命努力挣钱。东戈·迪奥姆有兄弟姐妹六人，他排第三。他从八岁起在家附近的学校上了三年学，学校是当时法国政府一时兴起资助建立的。虽然他的学习成绩总是拔尖的，但在他父母看来，这是无所谓的事情，就连他自己也这么认为。假如东戈·迪奥姆参加了辍学后一年实施的IQ测验，他应当会拿下令人吃惊的得分。以公费赴法学习，后成为高薪者的律师狄奥曼思·法尔身上的好运气，就该落在东戈·迪奥姆头上了。然而现实中，他和自己兄弟命运相同，得在农场里干活。假如他继续留在学校里，收入也许不同于今时今日了，实在遗憾。但如果只看赚得的钱的份额，从结果而言，东戈·迪奥姆亦可谓十分拼搏了。因为他也有他的"炼金术"。他运用自己的身体使女子怀孕，再通过出售这些孩子换取金钱。他通过这个方法，获得了超过本国平均所得十倍以上的收入。

然而，以东戈·迪奥姆的经验来看，这门生意也得告一段落了。

因为对贩卖人口大惊小怪的欧美各国媒体已经察觉到工厂的存在。一旦被他们针对，相关机构就会有所行动。在东戈·迪奥姆小时候，他工作的农场也曾因为雇佣童工被检举揭发。种植园的工作环境因场主而异，但可以说，东戈·迪奥姆所在的农场属于相对好干活的一类。因为监督不严，人累了就自行休息，所以每天工作效率都几起几伏。劳动管理马虎，但要是工作量太低，监督也会相应变严格。尽管如此，管理严格了一个星期，又会恢复原先松散的体制。如果没人闹事，没降低工作效率，孩子们自然就没人管。十岁的东戈·迪奥姆发现了这一点。他把孩子们组织起来，检查工作量，轮流休息。因此，他手下的童工们充分享受到农场容许范围内的、最大化的自由。不过，在一次英国国营电视台拍摄纪实节目的过程中，东戈·迪奥姆那片地区的父母把孩子卖到种植园，让他们在恶劣环境下劳作的事情也被披露出来了。孩子们失去打工之处，家里也没有足以养活他们的余力。少女们被卖往别处，大多糊里糊涂就成了妓女，其他少男——例如到了十七岁的东戈·迪奥姆就成了自由身。重获自由的少男和被卖剩的少女们，大多根据自己的意愿，或再次被种植园雇佣，或入伙当土匪，或饿毙在途。

一名少女跟着东戈·迪奥姆走。他们一起被盗匪收留，干各种杂活，好不容易才得以糊口。然而这位年轻少女却乏人问津，可知其丑。她被视为东戈·迪奥姆的附属，黏着东戈·迪奥姆。她没有属于自己的食物，是东戈·迪奥姆与她分食。然而天生病弱的少女日渐消瘦，若不采取措施，早晚会死掉。东戈·迪奥姆冷静地寻找对策。他对此想得很透彻：二人不值得被疯狂的盗匪追回，他们甚至不会察觉二人开溜。于是他弄来数枚异国硬币和两支枪，在深夜里逃走了。貌丑少女暂且不必劳作，能生活即可。虽然她对东戈·迪奥姆的生存而言纯粹只是障碍，但他没想弃她而去。尽管生长环境恶劣，但东戈·迪奥姆生得壮健且头脑明晰。他处于青年期，思想上不满足于只谋求更好的生活。他选择了离盗匪势力圈足够远的地方，战略性地融入到市镇上。最初在有权势者手下做个纯粹打工的仆人，慢慢获得信任之后，得到了二人足以糊口的工作。在这过程中，东戈·迪奥姆和貌丑少女之间有了孩子。二人养育孩子半年，少女身体情况日渐恶化，东戈·迪奥姆为了照顾她，工作也做不成了。他深思熟虑之后，决定优先救治貌丑少女，把婴儿送给了想要孩子的女人。只是很快，貌丑少女便因救治无效病逝了。东戈·迪奥姆开始做买卖新生儿的生意是自此五年之后，也是调查团展开"婴儿工厂"实况调查十八年前的事情。

就在调查团筹备揭发"婴儿工厂"那段时间里，东戈·迪奥姆工厂的"初期产品"托尼·赛吉正身处巴黎十八区的克里昂库跳蚤市场。婴儿本人无从知道自己的出处，也无从证实。一无所知的托尼·赛吉有空想的权利：自己为什么会成为孤儿呢？他每每从法国漫画、日本漫画、好莱坞剧集或者小说里受到刺激，就为想象中的自己的系谱加入种种编排。

乔治·赛吉是托尼·赛吉幼年时代的庇护者。在勒阿弗尔一个四周弥漫着淡淡群青色空气的早上，乔治·赛吉发现了托尼·赛吉。有钱人们把游艇停泊在海湾，乔治·赛吉就是在海湾散步时，发现隔开小港口和大海的水闸处漂浮着一艘游艇，就像卡在水闸上似的。他感觉奇怪，便走了过去，只见波浪改变了，原先卡在水闸的游艇悄无声息地靠近他。浪涛声中，夹杂着年幼小孩的微弱哭声。不，与其说是年幼的孩子，不如说那就是个婴儿。他背脊一阵发麻，未及细想已快步向前。他衰老而虚弱的腰腿一使劲，跃上面前的游艇，寻找发出声音的地方。驾驶席上有一个与自己不同人种的婴儿，只系了尿布。这就是后来的托尼·赛吉，不过他此时还没有名字。婴儿哭得快要抽搐过去了，但被乔治·赛吉一抱起就止住了哭泣，然后鼻孔翕动地看着他。乔治·赛吉发现托尼·赛吉的那艘游艇，其主人是在伦敦和纽约都拥有写字楼的证券公司老板。就乔治·赛吉所知，那号人物每逢休长假就会前往勒阿弗尔，曾涉嫌性犯罪。虽然事关强奸，但他最终没有被起诉。只是，为何他拥有的游艇会断了锚链，漂到水闸处？为何留下婴儿就消失无踪？最终这些都不得而知。倒是乔治·赛吉，明明已到养老的年龄，却不知为何由着性子，领养了这个婴儿。周围人不闻不问，父子俩倒是过着安稳日子。

  直到托尼·赛吉已满十岁，乔治·赛吉才说起了"游艇婴儿"的事。那是因为他已经开始痴呆了。此前，这位养父一直非常抗拒在托尼·赛吉跟前说这件事。托尼·赛吉头脑清晰，智商不亚于其生父。乔治·赛吉的老人痴呆日益严重，事情被他说得越来越夸张，就像是神话一样——说得托尼·赛吉简直就是上帝所授一般。托尼·赛吉从养父的说法里提取事实，开始推测与幻想不同的事情经过，当中甚至有非常接近事实的假设。乔治·赛吉因衰老，于托尼·赛吉十五岁那时逝世。即使失去养父的庇护，凭借遗传自东戈·迪奥姆的优秀头脑，只要托尼·赛吉愿意，就能拿到奖学金，然后挤进知识阶层中去。不过，他自生父那里继承的并不仅仅是优秀的头脑。面对眼前的难题，他总能够思考出最优解，即便从大局上看不能获得很多利益，他也倾向推动事态迈向好转。这种简单直接的做法，就东戈·迪奥姆而言，体现为插手贩卖婴儿；对托尼·赛吉而言，则体现为在巴黎的一隅插手盗版凯蒂猫玩具的生意。他们的优秀遗传基因开花结果，创造出大量金钱，还是之后很久的事情。

托尼·赛吉赚着很少的钱，在巴黎十八区的克里昂库跳蚤市场摆摊卖盗版的凯蒂猫玩具。十九世纪巴黎大改造时赶走的人都住在这个地方。他们从那时开始卖破烂，这里就在不知不觉中成了大型跳蚤市场，变得广为人知了。能卖则卖的观念在这里根深蒂固，也有许多人手拿货品站在路上，向过往的人兜售。他们多数是和托尼·赛吉一样的黑人。站前广场上挤成一堆的露天货摊里也混杂着阿拉伯人。从仿造的包包、手表到民族服装、首饰，以及连摊主都不明用途的金属炊具、烟斗，哪怕仅有一只的靴子，只要摆出来的，就是货物。就货品而言，托尼·赛吉卖的盗版凯蒂猫玩具可谓上等货。三丽鸥公司所拥有的卡通猫咪形象——凯蒂猫玩具在法国也很受欢迎。因此从中国进货的凯蒂猫相关商品一直畅销，托尼·赛吉和生意伙伴都过得不错。

当然，凯蒂猫玩具在日本本土也同样广受欢迎，但离经叛道、不喜欢的人也是有的，例如高桥塔子。不仅是凯蒂猫玩具，就连贴有米奇老鼠、宝可梦等卡通形象的文具，以及义务教育阶段被灌输的，形而上的情感教育的残渣碎末，她都不喜欢。这些东西让高桥塔子回想起一个好朋友，她曾和自己一起嘲笑那些显摆卡通形象商品的同班同学。因为会由此联想到这位朋友的自杀，所以她现在一看到卡通形象商品心情就很坏。不限于此，高桥塔子出于痛苦经历而憎恶的对象有很多很多，最让她痛苦的就是金钱。然而，要是不继续挣钱，生活就会马上拮据。没有钱，她就得出卖自己的身体，像东戈·迪奥姆卖婴儿，托尼·赛吉卖盗版凯蒂猫玩具一样,那就是高桥塔子的炼金术了。

　　与高桥塔子形成对照的是,春日晴臣特别爱钱。那么,春日晴臣是靠卖什么弄到钱的呢?卖知识,这似乎说得通,但也并非那么简单。他所拥有的知识的质和量,即便是在同单位,与雇佣方式不同的客座教授、外聘讲师的平均水准相比都低很多。然而,春日晴臣的工资收入却比高桥塔子他们多。由此可知,出售知识并非他唯一的收入。加上春日晴臣身为专任教师,是能确保受聘至退休的。虽然教师也有可能因大学管理走向彻底崩盘而就此下岗,但春日晴臣所属的大学报考者甚多,因此财务状况良好,所以失业的可能性很低。

　　然而,春日晴臣也会因为常人根本不会在乎的微小事情感到忧虑。投资不顺利似乎成了他把不安放大的原因。尽管看上去平安无事,但以十年、二十年的时间跨度去思考,一切又将如何呢?现在时不时就会出现走向破产的大学,伴随着少子化危机,生源人数减少也是必然的,肯定得再减少教师人数。到那时,自己真的还能够留任吗?不,是自己好意思赖着不走吗?电车的震动和春日晴臣的心跳合拍了。仔细分析过后,他发现这种苦头就算落在自己头上也无可奈何。春日晴臣下意识地想用恐惧代替这种未曾表达的诚意。但可悲的是——或者说可喜的是,他日益厚颜无耻起来。他的郁闷很快凝固成块,便连轻微的害怕都不会产生了。在这种情况下,有一天,一件需要出公差的事情落在了他的头上:他获邀参加联合国派遣的调查团,目的地是非洲。他既无有影响力的专著,也无论文,因此绝不能放过这样的机会。春日晴臣开研讨会时发现这件事能够巩固自己的地位后,心情也随之轻松起来。

　　同一时期,高桥塔子也因为工作要前往海外,那是为了填补策划捧红柳原未央香工作失败带来的损失。演艺事务所的社长——爱田创太将柳原未央香的照片交给了一个代理,这张照片原来是要刊登在杂志开头彩页的。经过照片加工软件的有效处理,照片上的她,让见过真人的爱田创太都一时间挪不开眼睛,那水嫩的肢体和丰满的上围让她美得摄人魂魄。可是,再怎么不甘心也没有用。根据机遇,此行可一举填平损失。提供工作机会的掮客是个中日混血儿,对联系邻国富裕阶层颇有门路。他靠帮那些暴发户圆梦赚钱,迄今已为爱田创太挣了好多钱。若照实说,他的工作就是将爱田创太手中的女孩分派给暴发户。如果女子拒绝,也不勉强,找到一个好的后援者也能收取不少钱,毕竟"日本艺人"的身份在某些人心目中颇受好评。高桥塔子以"柳原未央香"这个身份拍摄,但未曾使用的杂志开头彩照就如同她的身份证明一般。她因春日晴臣一事窝了一肚子火,但就目前状况而言,她只希望尽早摆脱窘境。也许自己并没有帮助爱田创太挽回损失的义务,但不收回损失的钱,爱田创太肯定要来烦扰自己。总而言之,她希望尽早了结,不用再为钱伤神了。

这回的要求不同寻常。高桥塔子通常只需要在日本或者邻国和对方幽会,但这次是全程陪同一位出公差兼游览巴黎的男士。这么一来,高桥塔子就与春日晴臣偶然地在同一时间启程前往巴黎了。

按照安排,高桥塔子和暴发户男士在戴高乐国际机场的大厅相会。她已经两天没正经吃过饭了,飞机餐也没吃。她感到一阵钝痛似的空腹感袭来,但她似乎要与之针锋相对,就是什么也不入口。她坐在长椅上,远远看着走来走去的人流,心里嘀咕"世上全是垃圾似的人"。

电话铃响了。对方是一名孤零零的邻国男子。他说年轻时曾在日本游学,日语水平足够沟通。这位暴发户男子叫赵义廉,在邻国有一家工厂，算是一名企业家，他的母系长辈通过权力关系，能更有效地运作资本来获利。他最近投资了做非洲业务的基金，据亲戚说，这是相当靠谱的方案。据那个基金负责人说，他们预定在东戈·迪奥姆居住的城镇上建设绅士鞋的组装工厂。

春日晴臣要去的也是那个地方。在高桥塔子逗留的巴黎，他为过境耗了几个小时后，此刻正因舟车劳顿在飞机上熟睡。等他回过神时，飞机已经到达了非洲。他走向联合国职员指定的咖啡店等待碰头，选了个靠墙位子，一边喝蒸汽加压冲出的浓咖啡，一边用苹果手机看成人网站打发时间。疲劳一积累，他的欲望也随之高涨了。

在另一处所，高桥塔子正向暴发户男子开放身体。在入住的香榭丽舍大道的四星酒店，赵义廉直截了当提出要发生关系。高桥塔子在进行的过程中，一直在观察赵义廉的举动。从额头滴下的汗水，浓密的眉毛，粗重的喘息……自己身上的这个男人究竟在干什么？

"春日博士？"

听见有人喊自己的名字，春日晴臣关掉手机的显示屏，优雅地摘下耳机。这个由联合国组织的调查团从美国、英国、法国、印度、丹麦、日本召集成员，美国和法国各来两位。等到共计八人的专业团队人齐时，距离预定的等待时间已经过去三十分钟。以衡量头脑水平的尺度之一的IQ而言，只有来自丹麦的成员托马斯·富兰克林智商超过了200，其余的人在100至140之间，大致上是A-的水平。换言之，除了这位来自丹麦的成员，其余人的IQ与婴儿工厂的原厂主东戈·迪奥姆相比，可谓有着天壤之别。假如他们处于与东戈·迪奥姆同样的生长环境，应该早早就从人生舞台退场了吧。就算生存下来，也无法企及东戈·迪奥姆的收入和生活吧。如此一个调查团要做的实况调查，就是与"婴儿工厂"相关的事情。联合国将其视为严重的人权侵害，但假如东戈·迪奥姆听了，肯定会嗤之以鼻。哲学家和作家们苦心孤诣想到的问题和苦恼，大多已经被他想得很透彻了。

他一直有个观点：为何要把人类看得如此特别？

人类对其他物种或增或减，或加以改造，爱怎么着就怎么着，唯有对人类自身，却不能发挥得如事不关己般潇洒。那么，什么是"人类自身"呢？严格按照"人类"这个范畴来定义的话，那么"人种"的概念理应无关紧要了吧。人们有余力的话，就会将包括自己在内的黑人也都放进这个"人类自身"的范畴里面；但如果没有余力的话，"人类自身"的范围就会迅速变得狭窄，自己的人种、自己的国家、自己的亲人，甚至连自身都会受到限制吧。

因此人们平时干净利落地分门别类，就是为了视情况与"人类自身"以外的东西切割决裂开来吧。只对人类予以特别对待，无时无刻不与人类的特权化、生存筛选机制息息相关。如果这就是大多数人的习性，那东戈·迪奥姆则要问个究竟：自己属于"人类自身"还是"人类以外"？与人、动物、植物之类的都没有关系，自己是属于"人类自身"还是"人类以外"？他心想：自己绝对会予以自己特别对待，并且要将这特别的遗传基因大量输往全世界。这听上去是个不错的口号，其实也是一场针对"在大局中舍去底层阶级"这一概念的斗争。不管他人如何评头品足，如若不这么想、不这么做，自己将无法苟活于世——这便是自己的宿命。虽然不知道自己的后代在一生中将迎来怎样的结局，但他或者她，大可不必进入你们所谓"人类自身"的框架之中去。无论如何被歧视、如何被虐待，也许有人仍能突破重围，也许有人仍能实现非常伟大的事情。即便不是他或者她这一代人,但还有其子其孙。东戈·迪奥姆会源源不断地输出。

实际上,从东戈·迪奥姆算起,他九代后的子孙——田山米歇尔也创造了巨额的财富,但这时谁也不可能知道这件事情。要不了多久,搭载着春日晴臣等人的吉普车即将抵达一家婴儿工厂,遗憾的是嗅觉灵敏的厂主早已安排妥当,决心让事情就此尘埃落定,余温冷却。虽然那最为精明周到的厂主东戈·迪奥姆,已经走到了企业关门清算的最后阶段了。联合国的调查,几乎以惨败告终。

这一天,东戈·迪奥姆的儿子托尼·赛吉正在巴黎边上的克里昂库卖盗版凯蒂猫玩具。赵义廉在他跟前走过,指指店里摆的绒毛玩具、T恤衫、毛毯等说:"这些货品,是在我那里生产的。"他想吸引高桥塔子的注意。高桥塔子整容之前就是地道的美女,男人都不会冷落她。有人只想和美丽女子交往,有人则想利用她的美而故意接近她。当然,美也能变成金钱。

调查团里的一点红——卡伦·卡森也堪称美人。而且,她的美貌级别与高桥塔子完全相同。卡伦·卡森并没有将美直接兑换成金钱,但这份美也为她得到今日的地位贡献了不少。乘车往来之中,卡伦·卡森留意到春日晴臣的视线停留在自己大腿附近。她虽感不快,但不打算计较。因为她已经十分习惯自己的美,以及他人对此的反应、举动,所以她有办法对他人的视线视而不见。在非洲走陆路之后,卡伦·卡森就假装打盹,她戴上耳机,一直在听酷玩乐队的《天堂》。

调查团首先被地陪带往曾运营过婴儿工厂的地方。用薄胶合板搭建的寒酸建筑物被长期弃置,看起来就像是废墟。房间里光线昏暗,看来压根没考虑过采光。南面墙壁上虽有窗框，但多数没镶玻璃，而是用木板钉死了。仅有的顶窗没有盖，射进来的阳光则成了一条线。一块破布团在地板中间，像一个委顿的人。那里虽也有一点点曾经安放了东戈·迪奥姆的沙发或其他家具的痕迹，但原有之物……甚至连一块玻璃都被卖掉了。

卡伦·卡森在心里根据事前得到的情报想象着此建筑物内曾有过的野蛮行为：孕妇被拐骗至此，女子在这里受孕，婴儿啼哭。这栋建筑物里有间隔吗？人或许就像身处猪圈似的挤在一起？眼前空空如也，几乎找不出任何线索。尽管如此，卡伦·卡森在心中想象出曾身在此处的母子们的景象。在昏暗的室内，双眼承受着微弱光线的少女们，抱着最终要被夺走的、尚未足岁的婴儿。

真是可怜，她想。没人想沦落到穷得无所顾忌，甚至保不住做人的底线。卡伦·卡森知道，自己能做的事情极其有限，但只要是能做到的，就必须好好做。只是目前事与愿违，加之无人予以领导，她对弱者的同情便没有持续太久。不知不觉间，卡伦·卡森想起了自己的丈夫。她瞒着丈夫服用口服避孕药。直至前不久，她还以今后的职业发展为借口开脱，自己也一直坚信着自己的选择，但现在她渐渐察觉自己的真实想法是另一回事了——即便他人羡慕的许多东西都到手了，自己也必须和那家伙分手。否则，自己就不算活过……反正不能再和那家伙过日子了，必须分手，所以现在——

"那些婴儿。"联合国职员的说话声让卡伦·卡森回过神来。于是，她再次从"真可怜啊"开始，不再被自身情况干扰。这样一来，她就可以深深同情那些遭蹂躏的少女了。

客人们巡视空空如也的建筑物时，地陪在一旁打哈欠。地陪明知这个工厂没再使用，但还是把调查团带到这里来了。他也知道婴儿工厂现在运作的地方，但根本没打算说出来。因为带路获得的价码根本无法与招惹当地人的后果相提并论。监禁被骗来的女子，不让意外怀孕的女子堕胎，强行使绑来的女子怀孕……做这些事，没有比东戈·迪奥姆的工厂更加老练的了。他的工厂里几乎都是这样的人，一旦被调查，警方肯定会来找麻烦。

因为与报酬相当的工作已经结束，地陪提出返回的建议，但联合国职员却不肯松口，非要他说出目前仍在运作的工厂。地陪继续装糊涂，假如被问的人是东戈·迪奥姆，他说不定会回答"确实还有仍在运作的工厂"。

瞧，这说的不就是地球嘛。你们将这个世界弄得问题百出，我们却不断向这个世界输送无瑕的婴儿。没错，你们正在寻找的婴儿工厂，就是你们赖以生存的地球。你们此刻不是也以工作人员的身份，正生机勃勃地劳作嘛——如果是东戈·迪奥姆，也许他就敢这么说了。然而联合国职员想知道的并不是这些。他们找的是镇上一家传闻中的工厂。这家工厂不仅涉嫌买卖新生儿脏器，还会将新生儿用作迷信仪式的祭品。他们才不管地球本身有什么问题。东戈·迪奥姆也太强词夺理了。

在东戈·迪奥姆的儿子，托尼·赛吉的货摊前，高桥塔子在赵义廉的推荐下，拿起了一个凯蒂猫玩具。这些凯蒂猫从赵义廉的缝制工厂出货到巴黎，托尼·赛吉则进了部分货品。赵义廉要在质量不一的商品中，给"限时情人"买上佳的产品。虽然高桥塔子嘴里说"谢谢"，但心里并没有谢意。

托尼·赛吉盯着她看。这还是他头一回对东洋人感兴趣。他感叹她太美了。别在耳后的细长黑发，每次一歪脑袋就随风飒飒飘动。阳光停留在她黑而亮的头发上，晃得人眼花。有那么一次，高桥塔子的视线扫过托尼·赛吉，目光相对时，他不禁凝视她的眼睛。

托尼·赛吉整个人都看呆了。虽说这是他的个人偏好，但高桥塔子容貌档次高也是事实。加上她还有着那带刺般的、令人难忘的视线，以及总是在有所挑剔似的嘴角——常年浸泡演艺界的爱田创太，眼力果然不可小觑。时来运转的话，东戈·迪奥姆卖婴儿挣的那些钱，她也可能眨眼间就挣到手了。然而，在古吉拉特指数异常得居高不下的那个发达国家，以某种东西换取金钱的力学建立在复杂的平衡之上。正因为如此，擅长寻找时机的爱田创太判断出潮流不对，果断地调整了方向。

在寻找时机方面，东戈·迪奥姆也不输人。他先于其他工厂主全方位地动作起来，早早就把婴儿工厂转手了。东戈·迪奥姆坐在吉普车上，前往与不动产经纪人约谈的地方。目的地是一家提供咖啡、酒水以及简单食物的店，熟客称之为"指甲尖"，但这不是正式店名。吉普车一停，随之扬起尘土。他推门进入店内，对方已经到了。

这是他们第二次商谈，东戈·迪奥姆打算把包括婴儿工厂（已搬离）用地在内的地皮卖给一个基金机构。对方首次谈判的价格，已是东戈·迪奥姆内心可接受的数字，但他感觉仍可上调一下。于是时隔一周，他安排了今天的二次谈判。结果，价钱成功地提升到当初出价的1.7倍，对方还接受以美元而不是以当地货币支付的要求。这也彰显了东戈·迪奥姆杰出的谈判能力。

在另一边，企图深入人口买卖巢穴的联合国职员，其交涉能力只能用马马虎虎来形容。地陪在调查团的博士们跟前胡扯一通，说自己收到的钱，是带他们前往一家工厂的价格，如果要他带往其他工厂，得按照厂数付钱。含着金汤匙出生的联合国职员，哪见过买东西还讨价还价的。他似乎还不能明白人与人之间的大部分活动其实都是在争夺金钱。地陪或东戈·迪奥姆的行为十分在理，就是要出力少但挣钱多。地陪取得谈判的压倒性胜利，联合国职员按照地陪说的价格付了钱。如果他当初付钱时义正辞严地说清楚是去地陪知道的所有工厂，否则不支付报酬，那情况肯定不一样。至少在追加付款之前提出"之后须前往所有工厂"，并以此为条件，表明事后再支付全额报酬，这样才合理吧？但是，对于居住在发达国家的联合国职员而言，地陪所要求的金额不过是一点小钱而已，他完全不介意。而且他觉得与扯皮所带来的时间损失和承受的心理压力相比，可以立刻答应的价码，还是赶紧给了更省事。然而，这并不是说明金钱的争夺无效，只是表明在金钱争夺中取胜的一方拥有特权。你亦可批评联合国职员的态度就是对这种特权的满不在乎和怠慢，但是，那是符合性价比的做法，也是符合其联合国职员身份的裁断。毋宁说，应视为有问题的是尽管他们付了追加的钱，却仍由得地陪胡来吧。

地陪的确践约了，去了他所知道的所有工厂。然而，调查团一到，发现那些全部是空壳子。因为地陪已经通过当地的网络警告对方赶紧逃走。调查团的一员——托马斯·富兰克林察觉到地陪的动静。他明白既然不能禁止地陪的动作，自己又没有得以追究他的不正当行为的信息和手段，那怎么做都只是白费劲。因此，他们应该改变思路，照这样下去，自己根本无法向大学提交任何报告。最近继任的系主任不关注教授的工作公益性有多么强，只盯着实质性的成果。托马斯·富兰克林不能汇报"去看了，但是个空壳子"。不过，他自己在这次旅行中也度过了非常有意义的时间，因为他得到了"古吉拉特指数"的构思，这将与他毕生工作相关。然而，那纯粹是他个人的研究课题，与本次调查团目的相关的成果仍然出不来。得打开困局才行——托马斯·富兰克林和联合国职员打过招呼之后，向地陪提出要求："请介绍一位了解婴儿工厂情况的人给我们吧。你只需要介绍最熟悉内情的人给我们，我们不调查，不追究此人的行为。"机灵的地陪正确理解了托马斯·富兰克林的意图，一谈妥报酬就马上掏出手机，叫来了东戈·迪奥姆。

东戈·迪奥姆一边驾驶吉普车，一边讨价还价，最后接下了这份工作。会面地点指定为"指甲尖"，沿来路返回。"指甲尖"店主见东戈·迪奥姆再次进店，也没有多说什么，问了句"照旧吗"，便默默地给点头的东戈·迪奥姆递上兑水的波旁威士忌。之后不到三十分钟，地陪就领着调查团一行人鱼贯走进店铺里来。联合国职员在前，而后依次是托马斯·富兰克林、卡伦·卡森、凯夏普·兹宾·卡利、春日晴臣。东戈·迪奥姆用眼神向地陪示意，转到桌边席位。各人环绕坐下。店主过来取点菜单。近期忙碌了三个月、体重增加了三千克的卡伦·卡森点了减肥可乐。等各人都有饮料之后，托马斯·富兰克林首先发言。

托马斯·富兰克林从这一连串的操作中看出东戈·迪奥姆就是经营婴儿工厂的主要人物，然而在这个场合也无法追究。他也许是个源头人物——将在买卖中获得生命的新生儿作为提供脏器的来源，供有扭曲嗜好的人用以慰藉，或将新生儿作为咒术的供品，但现在并不是抨击这些事情的时候。现在是探索改善方式的前哨战，是调查的预备阶段。

"听说您了解婴儿工厂。"托马斯·富兰克林开口道。这时当然不能问"和您是什么关系"。调查团的其他人都在关注着对话。

"知道某些部分吧。"东戈·迪奥姆答道。

"比如说,是哪些部分呢?"

"您想知道的是哪些事情呢?"

托马斯·富兰克林用脑海里"如何才能写出一份报告"的方式来提问道:"没错,我想知道具体的情况。例如,生孩子的女子平时在做什么事情呢?"

"我接下来说的事情,是我从一名做厂主的男子那里听说的。"东戈·迪奥姆设置了一个前提,他根本不认为对方会相信这样的前提,只是认为这样能避免麻烦。另外,他也有信心:无论事情如何发展,对方如何查办,自己都能置身事外。东戈·迪奥姆看着这些高学历的博士,心里头嘀咕着:

你们都管不着我呢,这片容纳了全世界污泥浊水的土地,我早就理解透了。我会先下手为强,逃之夭夭,你们又能奈我何?这是因为我处于你们最不想看见的东西的中心,并且随时可以脱身。

东戈·迪奥姆突然产生了一吐为快的欲望。可他知道,尽情倾述会让眼前的这些人有些不快,只会让这次谈话到此为止。算啦,反正总会结束的。这次拜访超出了东戈·迪奥姆的人生框框,或者借用他前几天读的伊恩·麦克尤恩(注:**英国知名作家,著有《最初的爱情,最后的仪式》等作品**)的书的话来说,这就是一次超越了跟前这些"胖西洋人"的人生框框的、顺其自然的对决。到那时,一定没人觉察那就是了结了吧。东戈·迪奥姆心情爽快地这么想。

"我的熟人开了一家婴儿工厂,不知道是不是都一样。"东戈·迪奥姆再次设置前提之后，便打开了话匣子，"说来，当地不大富裕的女子约占一半吧。生一次孩子就能得到一笔钱，可以补贴家用。其余的好像都是仅靠道听途说就特地找上门的女子，无法查清来自哪里。"

"哦。"托马斯·富兰克林哼哼道，"是为了补贴家用啊……报酬大概有多少呢？"

"据说行情是一百五十美元左右。在你们看来也许是小钱，但对于我们来说，这可是不得了的金额。"

"确实。那么，新生儿马上就被出售吗？"

"据说是拿去卖，不过不一定马上就能卖掉。"

"卖不掉的怎么办？"

"据说没有卖不掉的，说是眼下需求远超过供给。"东戈·迪奥姆一边回答，一边环视"胖西洋人"愁苦的面孔。

托马斯·富兰克林继续问问题："女子会连续生产吗？妊娠期的生活是怎样的？被卖掉前婴儿是由母亲照顾吗？这附近大约有几家婴儿工厂？有人知道被卖掉的孩子的下落吗？"

东戈·迪奥姆淡然地一一作答。

卡伦·卡森一边听他们对话，一边愤然地想：就是这家伙！一副机械的转述性腔调，他绝对是当事人！

不仅仅是卡伦·卡森这么想，在场的人都这么看，但没有人说出口。

"据相熟的厂主说，他觉得无需感到罪恶。"东戈·迪奥姆说完，看了一眼众博士眉间的皱纹。准确而言，他似乎在考虑概率之类的问题：新生下来的人，其幸福的概率和这群人相比，也许是极端低下的，但因而就否定他们的诞生，岂不是不宽容吗？没错，这群人的视野意外地狭窄。要干涉这种事，那就是一种傲慢啊。

"据说他就是这样认为的。"这样的说法已经很难让人作为转述对待了。东戈·迪奥姆却不在乎地用有口音的英语说下去。他毫不掩饰地说出自己与转述腔调不符的心声,对于眼前的"胖西洋人",他还有话想说——不是"不觉得罪恶",而是"没有罪"。生下原本就没有的东西并不是坏事。姑且承担售卖的责任也行,但自己绝对不对畅销负有责任。婴儿受到怎样的对待,这可与自己无关。再往下说的话,这就要追究对当今世界有影响力的人的资质了——就是你们这群人。因为自己仅仅是"供给"而已,甚至连名字都没取,就把他们交出去了。然而,东戈·迪奥姆并没有把这些话说出来。

卡伦·卡森就连听东戈·迪奥姆说话都感到恶心,她把视线从眼前移开,呼吸也随之变轻了,她情不自禁地按住胸口。然而此时遭受的心理打击,以后将会成为折磨她的回忆。回国后与丈夫分手,与第二位丈夫面临不孕烦恼时,她总是会莫名其妙地想起东戈·迪奥姆那吃了人似的腔调,以及他达观的平静表情。东戈·迪奥姆的见解果真有其道理吗,还是应该当成谬论置之不理?随着时间流逝,卡伦·卡森不明白了。只是,与东戈·迪奥姆对峙的此刻,卡伦·卡森将体内的失常单纯归因于愤怒。无论有怎样的理由,人类都不能容忍婴儿工厂这种东西存在。作为一个人,必须守住这样的底线。逾越这条底线的东戈·迪奥姆是不可宽恕的。

假如遭遇这般雷霆之怒,东戈·迪奥姆会怎么回答呢?是毫不畏缩、干干脆脆认罪,还是以擅长的歪理狡辩过关呢?无论如何,考虑是否原谅东戈·迪奥姆的必要性随即就消失了。为托马斯·富兰克林的报告做出了实打实贡献的东戈·迪奥姆被放走了,东戈·迪奥姆领取了报酬，走出店门，上了吉普车。他松开手刹，让车转了半圈，掉头而去。就这样驾车开了约五分钟，树荫下突然飞奔出一只瞪羚，他应对失误，车子撞在一棵有着一百五十年树龄的大树上。安全气囊没有启动，他也因为头部遭受撞击而死。突然出现的瞪羚被震撼四周的巨响吓呆了，但它理解不了自己蹦出来与东戈·迪奥姆之死的因果关系。假如东戈·迪奥姆不为动物所惊，而是驾车直接撞击它的话，他恐怕不会死。但是，那么一来，死的就是瞪羚。哪方该死，哪方不该死？生前的东戈·迪奥姆对此不曾想过——毕竟他的古吉拉特指数异常高。就古吉拉特指数而言，大家都停在50左右，这样比较适合人类谋生。低于30几乎就是动物，而超过100，知识过分地挤压脑容量，则单纯是披着人类画皮的某种东西了。然而，东戈·迪奥姆在死亡之前已达到100。他在撞树干之前就明白自己要死了。就在临死前那一刹那，迄今他优秀的脑袋所孕育的一切思考中最具价值的东西瞬时再生，他在平等地爱着一切存在、祈求着全人类的幸福之中当场死去。此后的四十五天里没有人发现此事，偶然路过的"指甲尖"店主胆战心惊地往撞烂了的吉普车内窥探，然而他根本没意识到那具白骨化的尸体就是东戈·迪奥姆。

东戈·迪奥姆为数众多的孩子之一——托尼·赛吉当然不知道父亲死了。在东戈·迪奥姆死亡之时，他满脑子都是那天看见的东洋美女高桥塔子。席卷了他内心的情感，严格来说不同于东戈·迪奥姆对与其一起放浪的貌丑少女所抱有的感觉，但方向相似。结束工作后，他回到与搭档同住的波尔多·德·克里昂库车站前的公寓睡下，依然亢奋。他甚至想象着高桥塔子和赵义廉的关系，嫉妒起来了。她来自哪里呢？在他不输于父亲的优秀头脑里，有一张精度很高的世界地图，不必依赖于谷歌地球软件。那容貌，还有那淡色的皮肤……她肯定是东亚地区的人。托尼·赛吉感到东亚是一个极遥远的地方。的确，仅仅回溯到上一个世纪，要前往东亚的话，无论走水路还是陆路都是赌上一生的大事儿。而现在，东亚是只要有一千美元，再花半天就能去的地方了。托尼·赛吉出生于非洲中部，呱呱坠地不久后就远赴欧洲大陆，但知道这件事情的人此时已经死绝了。在东戈·迪奥姆去世很久之前，托尼·赛吉的生母死于埃及，把他带来法国的证券公司老板也已亡故。

在尚未取"托尼·赛吉"这个名字之前，即托尼·赛吉还是一名没名没姓的新生儿时，也和其他新生儿一样，被系上一个牌子管理着。那些牌子模仿从地面溅起的水珠模样，唯有东戈·迪奥姆能够正确识别它们的区别。他当然也能像孩子的生母们一样分辨新生儿的脸，但定量把握新生儿的数量和价格，还是用牌牌合适。刚离开母体的新生儿通过取名字沾染人的气息，迈出了生而为人的第一步。他想，即使绕了这么一个大圈，人们抵达的仍会是一个没有名字的世界。所以，由自己来给新降生的生命取名字是一件很愚蠢的事。他一边这样想，一边坐在沙发上旁观婴儿工厂的女人们互相帮助，无法控制自己内心涌出的感情。

在古吉拉特指数超过90的那阵子，东戈·迪奥姆正用赞德语的拉丁字母表述方式写论文。虽略显冗长，但其独创性的切入口（马克斯·舍勒[注：德国哲学家，在胡塞尔现象学影响下，创立实质价值伦理学]也如是）——"人类之第二形态"，以及在其著作中加以分类的东西，本应对后世之人富于启发，可惜最终未能问世。他用小语种写下文字，写完又藏进地板下的金库里，之后立即着手写一本名为《从日语"金"的用法看特权性质严格指示词的特性及其例句》的著作，他这么做是正常的，因为这也和古吉拉特指数的高低相关。他不是不想让人读，而是想要通过提高阅读门槛，从而考验著作的耐久度。IQ与古吉拉特指数之间并不完全相关，但IQ越高者，古吉拉特指数也倾向更高。例如在联合国调查团内，古吉拉特指数最高的是IQ最高的托马斯·富兰克林。古吉拉特指数第二高的是春日晴臣，但他的IQ并非位列第二。另外，虽然性欲最强的是春日晴臣，但这一点与古吉拉特指数没有什么关系。

春日晴臣结束了在非洲的调查，归途前往巴黎转机。他在狭窄的飞机洗手间里，想着卡伦·卡森释放了两次。坐在春日晴臣旁边的调查团成员之一——印度人凯夏普·兹宾·卡利察觉到了。若是普通人，应该发现不了，但凯夏普·兹宾·卡利的嗅觉比常人敏锐一万倍以上。每次他像这样毫无价值地获悉他人秘密时，都会为自己的特异能力感到害怕。较为确切的说法指出，人在获得信息时，通过视觉获取的占九成左右，而他则不然。飘浮于空中的种种物质刺激了凯夏普·兹宾·卡利的鼻腔，不断向他提供无用的信息。气候的气息、食物的味道、体液的气味，就连因感情变化而改变的体臭，他也能嗅取。不少人能设法瞒过别人的眼睛，但能用气味作假的则没多少，因此，许多人在凯夏普·兹宾·卡利面前便破绽百出了。

"那人好像身体挺糟的。"

"好像遇上了伤心事。"

"那个人和这个人刚才待在一起呢。"

小时候，他被当地人视为神灵附体。六岁时，他向亲人说出了这种能力的秘密——母亲见儿子抽抽搭搭地哭诉"我好像和别人不一样"，心想该来的时刻还是来了。

母亲教导他说："对啊，你好像拥有不同于别人的力量呢。那么，这肯定是上帝的馈赠吧！"

"不对呀！"凯夏普·兹宾·卡利叫喊道，"是鼻子啊！为什么爸爸身上会有隔壁姐姐的气味？"这一不成心的告发，以一名女子的另一面被暴露、母亲对自家孩子的宠爱燃烧，以及妻子强悍对抗外遇丈夫为结局收尾。在这件事情后，凯夏普·兹宾·卡利的母亲强行向儿子灌输做事情不要依赖嗅觉的观念，并教授他与身怀绝技共生的方法。

"从某种意义上来说，过剩类似于欠缺。"现已亡故的东戈·迪奥姆在其不值一提且不为人知的著作中论述道，"因为太强的要素在通常状态下是不存在的状态，也就是说，可视为本来状态的缺如。为此，没有正确理解的人打算移开视线，也是理所当然的吧。然而，与不能轻而易举地填埋欠缺一样，也不能无视过剩。为了经由没有名字的世界达至凝固，重要的是人们能正确理解抱有过剩观点的人。"

就凯夏普·兹宾·卡利而言，身边有人理解他的奇特能力，这一点可以说是幸运的。即便善于察觉他人的言行与内心不一，他也遵从母亲的教诲，不去做无用的探索。进一步说，因为他对对方的健康状态、心情好坏都一清二楚，所以能够机灵应对。他变得很受女子欢迎。卡伦·卡森无意识之中给男士们排了序，调查团里的男性得到最高评价的也是他。卡伦·卡森开始考虑离婚，半本能地寻找起新的对象来，而凯夏普·兹宾·卡利正合乎她的口味。凯夏普·兹宾·卡利也从她散发的气息中察觉到她对自己的好意。他的鼻子还嗅取到卡伦·卡森一见春日晴臣就感到不快，以及旅行期间卡伦·卡森一直处于月经期。一嗅到血的气息，他就常常会想起母亲。每逢处于人生的歧路，他往往就想：如果母亲是自己的话，她会怎么想？这么一来，他就能一边感受着自己才能感知的世界，一边像常人一样处事。

从克里昂库返回酒店，高桥塔子突然来了月经。月经失调是她为了在演艺界隆重登场做准备时，连续好几个月减肥导致的。她原以为会让"限时情人"赵义廉扫兴，但他的心情并没有受影响，也没有提出奇怪的要求。

"是吗？"他平淡地接受了，反而问起"喜欢在克里昂库给你买的凯蒂猫玩具吗"。

"很喜欢。"虽然高桥塔子这么回答，但她的心里头有一丝对卡通形象商品的反感与不满意。

赵义廉并非对高桥塔子的身体毫无波澜，但也认为不必勉强。他追求的不是消解欲望，而是作为成功者的风范。赵义廉仅将高桥塔子视为日本的人气偶像。他把初次见面以来高桥塔子展现的冷淡态度，看作是演艺人士保持自尊的超然姿态。他打算好歹让高桥塔子佩服一下，白天带高桥塔子去克里昂库便是其中一环。而赵义廉带着她穿过露天摊档街，到背后的古董店街上的一家店铺购入了一系列真假难辨的、有签名的毕加索石版画，也是为了显示自己的财力。最后逛的画廊里白人店主身穿高档西装，那家店似乎对她很有吸引力，因此赵义廉有点自鸣得意。

然而白天在那家画廊，高桥塔子其实是内心焦灼，但焦灼与赵义廉与画商谈生意的雄姿无关。她一边轻抚手腕上的伤痕，一边回想起自杀的朋友。自杀的朋友被父亲虐待，瞳孔带伤。她说，如果不做手术，眼睛就会失明，手术难度不太大，问题是什么时候做。高桥塔子并不知道朋友为何死了，因为朋友在自己面前发过誓，绝不会自杀。自杀的朋友和高桥塔子详尽地说了连日遭受虐待的情况，但高桥塔子也不明白自身能在多大程度上理解暴力的实态。理所当然的，高桥塔子脑子里的，不过是自己的主观世界。

"从根本上来说，从一开始我就是不能做主的。嗯，关于这一点，那个人也一样吧。"朋友必以"那个人"称呼父亲，"所以，也不是说那个人坏。"

"那个人"年轻时继承了很多钱，在无法抑制的无限自我膨胀中长大。由于太有钱，他没有承受过来自家庭外的正常压力，这助长了他人格的扭曲。只要对眼前的现实稍有不满，他就会攻击周围。小时候惊慌失措，结婚后对妻子暴力相向，妻子离开之后就对女儿滥施暴力。这一点和他基本能力参数低，以及年轻时在外部世界遭受巨创有关。他没有体力，体形难看，头脑不灵活，说话也不利索。因为这些个性条件，他并不受异性青睐，还常常成为同性敲诈的目标。花了许多钱走门路，正要成为一名大学生时，他就因交通事故失去了父母。他也没有才能保住剩下来的钱，传给下一代。况且从他父亲那代起，家世已经开始衰落了。他用剩下的钱做基础，再以德性极差的心思与迟钝的脑子构思，最后在现实中构筑一个只对自己有利的世界。他的小世界已与世隔绝，就像水分枯竭的池子般无法避免干涸的命运；但在消失之前，无论多么扭曲，它仍是个具有效力的现实。殴打衣服能遮盖的身体部位、恶毒咒骂抛弃女儿的母亲，父亲将这些作为"养育之恩"的体现一再重复。朋友把这些事实，详尽地客观地告诉高桥塔子了。

她还要说出当中的滑稽之处：父亲隐私部位的毛发已经发白；想打她却摔倒，脸色通红，羞愧地骂骂咧咧半天；眼睛骨碌碌不停转动，怯懦，却看不见东西。朋友一一述说发生的事情，对此不加说明，对本心睁一只眼闭一只眼，但她毫无遮盖地看着，却连父亲心头的颤抖也看见了。

高桥塔子却越俎代庖地生气了：他怎么可以对比自己弱的人做那些事？

"因为他面对比自己强的人，什么也做不了吧？"

——杀掉他！

"不能杀他啊，那可是犯罪啊。"

——他是罪该万死的呀！

"可那不是由你决定的呀。"

奇特的对话在最后往往会以朋友劝解高桥塔子的形式结束。高桥塔子也曾激愤地哭过。朋友为了配合这种荒谬的行为，按父亲的规定剃掉腿毛。"从学校回来后，这些必须在16点30分前完成——"她向高桥塔子详尽地述说程序和时间表，正要继续往下说的时候，高桥塔子便叫喊着打断了她："为什么非那样做不可呀？"那时的愤怒还留存在高桥塔子心中。但她的心中也响起一个声音："那不是我能决定的呀。"

真的吗？高桥塔子心想，抚着伤痕的手指停了下来。高桥塔子挑战似的盯着眼前的一切，仿佛移开目光就算输了——

赵义廉观察着她，产生了误解：就是这种气魄。

赵义廉买画时的讨价还价似乎吸引了她。于是他问画商："还有其他存货吗？"画商回答说："太高价、不宜在店里展示的藏品保存在另外的地方。"画商把放在文件夹里的清单拿过来。赵义廉哗啦哗啦地翻动着清单，心里期待着高桥塔子探头来看。果如画商所说，清单上的货品都价格不菲，最贵的东西超过二十万欧元。虽然赵义廉对手头的钱颇有自信，但这个价钱超过了为虚荣买单的限度，自己拿得出手的，充其量只有四万欧元。他时不时点点头，或翻动一下文件夹，假装在判断画作的好坏。画商不失时机地恭维道"您真有眼光"并开始熟练地介绍起来。

"这是当下颇受关注的艺术团体'钴的具体体现'一派绘制的宏大作品，昨天才刚刚进入货品单中。但我只有两个月的销售权限，所以若有意愿购买，此其时矣！此期一过，我就不能决定其价格了。"

"噢，有道理。"赵义廉点点头。其实他并不知道"钴的具体体现"这团体是否受关注，对画商没了销售权不能定价也没有任何具体概念。假如这个场合有凯夏普·兹宾·卡利在，他应能嗅出画商从中作弊，但以赵义廉的嗅觉就差远了。

赵义廉转向高桥塔子，问道："你怎么看？"

高桥塔子随即回答："我觉得不错。"

"噢，我也挺喜欢的。"

"您有两天时间的话，就可以看到实物呢。"画商说道。

"是吗，那可以劳烦您吗？"

"Oui Monsieur（好的，先生）。"

就这样，两天后正午稍过，二人决定再次到访克里昂库。这对于垂涎高桥塔子美貌的托尼·赛吉来说当然是个好消息，但他还无从获悉。托尼·赛吉为一名遥不可及的人心生焦灼，通过互联网不断地检索着东洋女子。他心里想着高桥塔子，浏览着不断显示的美女还有一旁的以汉字、朝鲜文、日语平假名、日语片假名表示的名字。他觉得迄今所见的东洋女子都一个模样，此刻却为美女们各自的魅力激动不已。他的目光落在一名台湾女演员脸上。虽然她是与高桥塔子不同类型的美女，但有种相似的感觉——来自那双映出他未曾见过的某种东西的眼睛，还有那欲说还休似的轻闭双唇。

此时已故的东戈·迪奥姆与儿子托尼·赛吉不同，他从未特别在意过东洋美女。他一步也未踏出过非洲，直接见过的东洋人也只有春日晴臣而已。东戈·迪奥姆是同时代七十亿人中拥有最多孩子的人，但他没有跟东洋人生过孩子。他对交配没有兴趣，但是他老想着占有率。

"在下一代人这个范围里，自己的DNA在地球上是不是可能占据最大的份额？"这个念头让东戈·迪奥姆感到愉悦。然而，在他去世的这一刻，他仍活着的孩子其实并不多。当然，东戈·迪奥姆也考虑过这一点，要是让他辩解的话，就是人的生命不能仅以其长度测量价值。生命的存在甚至与做到了什么无关，而是感受到了什么，譬如获得了多强烈的感觉，即使是痛苦的感觉，也是生命存在的证据。然而，拥有这种想法的他却比任何人都讨厌痛苦，一方面自以为无所不能，另一方面连痛都来不及感知便当场死亡，实在是任性至极啊。

托马斯·富兰克林是最后与东戈·迪奥姆说话的人。他和春日晴臣等调查团成员一起在回程中转机，抵达巴黎机场，乘坐罗西巴士转到歌剧院区。住处预订的是旺多姆广场附近的五星级酒店，作为他们前往非洲调查的一种慰劳。办好入住手续之后，托马斯·富兰克林一边在外面踱步，一边因那可恨的"实绩报告书"沉溺在思绪中。系主任换人之前并没有这种要求参加活动须写报告的制度。其实这在系主任发表就任致辞时就有先兆了。他硬质的肌肤上皱纹深刻，没有丝毫柔和感,一开口就宣称"现今大学处于困境之中"。这并非预期中的无聊演说,让出席会议的教授们有点意外。他们注视着这位来自异国的新系主任。悟性好的人,恐怕从他的经历已有所察觉:他二十多岁时一边在企业管理咨询公司就职,一边拿下了工商管理硕士,退职后以余暇读取美术史博士学位,之后在美国某州立大学工作,再转来这里就任系主任。据说他在企业重组方面很有能力,并因此获得提拔。他在上一个职位时,出色地重整了处于财政困难中的州立大学的收支结构。

他做的是彻底的企业重组。

第一步,首先是使用纸质报告。对于教授们的一切活动,他都要求有书面报告,新制定出各种报告样式。这样做有两个目的:一是让人厌烦,推动自动离职;另一个是借机查实报告书的记述正确与否,是否存在偷工减料或者忘记提交的问题。系主任深知,严正的态度让自己的施虐欲获得了正当性。毫不迟疑,也没有酌情,完全按照公示的规条执行,这样的反乌托邦的世界,让平时不食人间烟火的教授们如何承受?一想到教授们不知会以怎样的姿态咀嚼现实,他便止不住地心情激动。

"此次引用大学规则之第五条特例,终身在职权的适用条件须重新设定。因此各位自本年度起,要参与公平的竞争。努力钻研人文科学、志向高远者,不要期待有特殊待遇,有时必须豁出去,为自己的思想而牺牲,我本人也不例外。让我们见贤思齐,敬仰为大众呕心沥血的伟大先哲们!"系主任在就任致辞时都已经说到这个地步了,今后将会如何,其实听出其中之意的人甚少。敏锐的托马斯·富兰克林以防万一,当晚就发出信件和电子邮件,开始与旧交拉关系。他不计较工作地点,打算有人邀请就去。他愿意频繁改变研究领域,也不以掌握新语言为苦。虽然那么说,但在规定条件下全力以赴,也是托马斯·富兰克林的一贯做法。他认为,自己必要时可远赴新天地,只是眼下须得履行现职。

从矗立着路易十四骑马塑像的旺多姆广场往回走时,托马斯·富兰克林脑子里的报告书已基本成形——规定要提交的有"本次调查团的'参加目的'",有设定好的"检查要点",需要以能够反映达标程度为前提撰写。因为落到系主任手里,含混的记述会被追问,修辞性表达也会被忽略不计。例如这一次活动,托马斯·富兰克林最初提交的申请书写的是:本人参加联合国的调查团,调查特定地区以贩卖人口为目的,计划性地强迫妇女生下新生儿这种非人道行为的实情。

系主任收到之后,首先是问"参加的目的是什么"。托马斯·富兰克林原以为填写"有积极意义"就妥当了,谁知被打回重写。

"只是参加的话,任谁都可以吧。您不是那方面的学生,而是教授,有着许多经验和高深的见解。请您填写参加活动的意义和目的吧。还是说,理想崇高、业务优秀的您参加项目本身就具有价值吗?"之后系主任还提出了种种类似于找碴的意见,但最终仍是在确认了以下认识的基础上,批准托马斯·富兰克林参加本次的调查团——

本学校的运营资金部分依靠国民血税,而作为本校所属的文化人类学学者,本人参加联合国的调查团,在此发誓倾注心血确保以下工作:①本人的参与目的系"把握现状",即"调查团参加申请书"上记载的主要目的,亦将向校方报告具体的调查结果;②报告书上至少谈及三个要点,记录日期、参加者,报告简洁、具体,并上交校方;③调查中的会议须记录议程,留存的会议记录须作为报告书附件提交给校方;④每次会议须发言一次;⑤针对调查结果,需提出三点以上的应对方案，附于报告书后提交给校方。

　　这份申请书与最初的相比已是面目全非，但还是简单的了。要是让某个不懂变通的教授遇上这种"刁难"，怕不是要在经历无休止的书面扯皮后，最终只收获系主任"该活动无参与价值"的定论。但即使是那种情况，系主任也没有独断行事。但是，许多人听了"必须尊重学术自由，而自由也伴随着责任，大家都心知肚明"的鼓动之后，却首鼠两端，不肯着手去做自己想要做的研究或者调查。系主任见此情形，心中很不屑：这些胆小鬼！但因为他打算毫不留情地降低从事"无价值"业务者的评价，这种情况也是无可奈何。有施虐倾向的他，喜欢弄得人家左右为难、进退维谷，营造一种无论采取什么态度都很纠结的环境，再把施虐对象逼进去。

　　托马斯·富兰克林返回巴黎歌剧院区，脑子里不再想大学的事情，此刻正打算回忆与已故的东戈·迪奥姆的对话——那位婴儿工厂的厂主说"你们才是傲慢，我们不该有罪恶感"。

　　恰在此时，卡伦·卡森也正想着此人的事情：有这种人在，不会是好事，至少，自己讨厌这种人逍遥自在的世界。和她的想法没有关系的一点是，东戈·迪奥姆已经离开了这个世界。当然，她并不知道这件事。与她迄今面对过的许多事情一样，要她客观地看待这件事情，那就要求她担保观察对象和自己没有直接关系。其实东戈·迪奥姆和她之间未必能说是毫无关系的。后来，卡伦·卡森与东戈·迪奥姆的血脉混合，最后孕育了田山米歇尔——这个人类史上挣到最多钱的人，然而她不知道这些。与第二位丈夫死别后卡伦·卡森得到了唯一的遗腹子，直至自己在孩子的照料下去世的那一天为止，她都为快要忘掉却屡屡想起的与东戈·迪奥姆有关的回忆所烦恼，只是每次都像拂去蜘蛛网一样,轻易地把它弄掉罢了。

　　第二天早上,卡伦·卡森、凯夏普·兹宾·卡利、托马斯·富兰克林和春日晴臣四人在自助早餐处见了面。他们围坐在一张桌子前,一边品尝餐后水果、咖啡,一边聊到傍晚上飞机前,是否要在巴黎街市逛逛。要去的话,逛哪里呢?不知不觉中,聊天演变成三位男士提议,再由卡伦·卡森拿主意的方式。习惯把男性排序的卡伦·卡森虽然希望采纳位于榜首的凯夏普·兹宾·卡利的意见,但他提议的蓬皮杜中心自己都去过好几次了,不来劲。她感兴趣的是被自己排垫底的春日晴臣的提案。据说克里昂库是著名的跳蚤市场,卡伦·卡森觉得和那些面向游客、有千篇一律之嫌的美术馆和教堂之流大不一样。

　　四人打出租车来到波尔多·德·克里昂库车站前。一下车,随即有人上前推销太阳镜,是一名黑人男子和一名缺了门牙的白人男子。凯夏普·兹宾·卡利马上就后悔不该不假思索地跟来。车站附近摊档众多,人头攒动,有卖东西的也有买东西的。人种、来历、年龄都不一样,人们散发着各种各样的气味。凯夏普·兹宾·卡利感觉人们的一切都毫不保留地暴露着。奎勒人制作的素陶土偶、阿拉伯人的水管、路易·威登的提包、赵义廉的凯蒂猫玩具。凯夏普·兹宾·卡利的鼻子发了疯似的翕动,寻求着周围纷杂的气味,但他下意识地抵抗,拼命想转移嗅觉。不过,说不定他正渴求着完全相反的东西——就是自己的能力可以在这气味洪水中得到最大限度的释放。然而要他直面自己的天性,此刻仍为时尚早。

　　卡伦·卡森走在凯夏普·兹宾·卡利前面,她回味着解放的感觉,与他恰成对照。怎么净卖些无聊东西啊?用过的绘画颜料、半成品画作、有污渍的皮沙发、单只鞋子，卖的人、买的人都不知道是咋回事。这么多人聚集着，寻找着这些破烂东西——但自己也是其中一员。卡伦·卡森不禁笑了起来：为什么那张表面破了的椅子值一千欧元？她凡事都要排序，这回倒是有点束手无策。想来自己的怪癖也挺蠢的吧。不知不觉中，她的脑海里浮现了丈夫的面容。丈夫名声在外，号称环境生物学的世界权威，是她认识的精英分子中最为优秀的男性。他颇谙世故，对女性也知情识趣。不过和他生活，自己只感觉到压抑窒息——即便能把男人严密排序，也一定没什么意义吧。

　　卡伦·卡森后来才发现，将人严密排序的确毫无意义。然而，那是情况发展为过度依赖排序这种手法才会出现的问题，若想在这个时点便下定论，恐怕有点轻率。首先测定容貌、头脑、身体素质三项基本参数，当图表上出现并驾齐驱的人物时，再进一步使用细分的参数。对于排序来说，这是最为正统的做法。基本参数三项均有分量的人，有时候一个世纪仅存在一两组。在信仰、才能、感情等因子论被体系化之前，这种手法很长时间内都被认为相当有效率。与之相比，只能说卡伦·卡森带有许多随意成分的排序太粗糙了。不过，因为那种方法此时尚未进入实用阶段，因此要批判她的话，或许过于严厉了。

　　逛摊档的意外之喜让卡伦·卡森情绪高涨。她原本的目标在古董店街，想去看真正的古旧物品。像看透她心思似的，头顶上的太阳，也就是日后田山米歇尔作为大炼金材料的太阳，此时正耀眼灿烂。在她要去的那条古董店街，赵义廉他们再次访问画廊，刚刚决定买下让人送来的"钴的具体体现"的画作。在白人店主的隆重送别之下返回摊档街，赵义廉边走边向身边的高桥塔子谈论装裱匠人的功力，这是他在国家地理频道看来的。他打算再看看摆卖凯蒂猫玩具产品的摊档。

这时，高桥塔子和卡伦·卡森的距离不到一公里！从正统排序手法来看，此二人的参数配置均是极为难得的。也就是说，高桥塔子和卡伦·卡森的基本参数完全一样。二人偶然地在同一时间仰望头顶，理所当然地目击了朗日当空——就是那个能量尚不足以炼金的太阳。

　　东戈·迪奥姆在他某部不为人知的著作的一节里谈论了炼金术——是对"胖西洋人"中某美国博士论述"姓名"的著作进行批评总结的章节。

　　"炼金术所追求的两个目标——实现不老不死和生成金子，难道不是人类的终极目标吗？"

　　相当于尝试了大炼金的田山米歇尔的祖先——东戈·迪奥姆不是认认真真地提出问题，而是语带嘲讽地这么写下来，本身就非常耐人寻味。实现不老不死，即处于东戈·迪奥姆著作中所谓"人类第二形态"的阶段，与人们处于"人类第一形态"时相比，拥有了性质截然不同的时间感觉。人们掌握了时间，甚至可以让过去延续到未来的时间倒流。对他们来说，无论是曾经发生过的事情，还是眼前的事情，抑或是未来将要发生的事情，已经没有必要区别了。依照发生的顺序而改变对事物的态度，可想而知是愚蠢的做法。

　　像这样加上变样的时间感觉，参数或者因子就能够自由变更，这就是人类第二形态。在这种形态下，要通过记述意群指代个别人就变得困难起来了，因为无论怎样详尽记述特定人物，都无法区分有可能替代他的某个人。例如谈论东戈·迪奥姆：他是一个男人，是婴儿工厂的前厂主，右边面颊有一颗大黑痣，身高183.5厘米，头脑清楚，虽有耐力，但缺乏爆发力。

在第一形态下，这些要素仿佛固定在东戈·迪奥姆身上，但在第二形态时，这些似乎可以更换。东戈·迪奥姆既是男人，又是女人，体形多种多样，头脑和身体的能力既敏锐又迟钝，黑痣到处是，或者根本就没有。既然这些针对东戈·迪奥姆做的记述意群可以扣给任何人，那么"东戈·迪奥姆"便只成了被反复点名的同类词罢了。若非特别把名字当成命题提出的话，他的固有性就会处于湮灭的危机中。假定物理性地表达此事，就只能以细分至原子以下级别的粒子层次看待"东戈·迪奥姆"了。虽然这是以由细粒和动能所构成的、海的浓度似的东西来定义他，并不能严格地指出何处起是东戈·迪奥姆，从何处起不是东戈·迪奥姆，但假如再要求它无限变淡，或者变为某种特定配方，抑或同样的结构模式已被反复界定，我们便可以提出这样的疑问：东戈·迪奥姆真的可以被具体地指代吗？

无独有偶，东戈·迪奥姆在他某部不为人知的著作中这样叙述道："分别从对立的两个思考体系分别出发，均够不着的、界于双手之间的空间——假如要接近它，持续回味并立的两个出发点就无比重要。如此一来，便终于得以触及初衷。过程和结果，存在和认识，目的和手段等，所有并立的两项，已经没有必要予以区别，也不会抵消，它们持续存处于和谐的状态，该过程必达的结局就会随之而来。"

假如就炼金术的两个目的加以讨论，既然"人类第二形态"的不老不死已经实现了，田山米歇尔若以其称为"小炼金"的这种稳妥方式继续生成金子，和谐的状态也许可以长久持续，并达到"不必区分不老不死和金子谁为目的，谁为手段"的境地。然而，在现实中实现了不老不死之后，人们总体的意见却偏向于田山米歇尔的大炼金，人类历史就这么迎来了终结。假如顺着东戈·迪奥姆的文意打岔一下，也可说"人类把不老不死作为手段，把金的生成作为最终目的"吧？虽然极其荒谬，但没有人可以反驳这一点。田山米歇尔以有史以来的最大规模，出色地完成了始于古代哲学家灵感的炼金术，但赞赏他的人尚未存在。因为生成大量金子的过程中发生的能量，要将地球上的所有生命燃烧殆尽。

原本太阳的能量并不足以用来炼金。人类在经历漫长的历史后颠覆了自然法则，生成了多如奇迹的金子。然而曾被视为奇迹的事情在经历岁月后，被当成单纯的物理现象且被一般化的例子太常见了。例如日食，这种太阳在大白天消失的现象，在第一形态的初期就曾被视为奇迹，但是到了第一形态末期，卫星和行星，以及处于其中心的太阳——它们运行的轨道便成了必然现象和人类的常识。大炼金所诞生的金块是否被视为奇迹，在人类第二形态以后经历时日，也许会有变化。

无论是奇迹还是必然，人们都可以回味稀少现象的珍贵，但遗憾的是，有时也有"现象"会不合时宜地发生，再不为人知地结束，例如，卡伦·卡森和高桥塔子在克里昂库所做的事情。尽管是在众目睽睽之下发生的，但因为受众观察力不足，没有一个人察觉其稀有性。容貌、头脑、肉体这三项基本参数完全一样——一个世纪里面有且只有一两组的二人组合，距离近至不足一公里！卡伦·卡森漫步摊档街，向着古董店相邻的一角走去。而高桥塔子走出画廊，向摊档街走去。卡伦·卡森身后就是春日晴臣，他边走边欣赏她的臀部。再后面跟的是凯夏普·兹宾·卡利，他大口大口地张嘴呼吸，以避免嗅觉敏感。托马斯·富兰克林把心思都放在报告书上，几乎要走散了。

这些博士的前方出现了赵义廉。他摆弄着数码相机，用远焦镜头拍摄摆卖自家凯蒂猫玩具的摊档。这个摊档的生意在周围一带最红火。他拍的照片里，高桥塔子和卡伦·卡森竟然同框出镜了。基本参数完全相同的二人同框，这概率可谓千年一遇，就算说是奇迹也不为过。然而，对于尚未有办法根据参数来判断个人的人们来说，意识到事情稀有性是不可能的。加上在这张照片上面，还把春日晴臣远远地拍了进去。"送健康"姑娘和她的顾客——数日前一起出入东京情人酒店的二人，在遥远的异国他乡被拍摄同框，也是极其稀罕的吧。托尼·赛吉是摊档的小贩，他惊讶地凝望着这一场景。他眼前确实发生着奇迹般的事情，但他没有为此震惊。他吃惊的是，原以为再也见不着的美丽东洋女子再次出现了。他不禁怀疑自己的眼睛：莫非这是妄想症加剧造成的？

高桥塔子也看着托尼·赛吉，说是凝视着他也行。尽管如此，这并非意味着她识别了托尼·赛吉这个人。她一边感受托尼·赛吉热切的视线，一边思考男性整体的事情。出走后的五年间，她过着几乎得不到任何庇护的生活。在她眼里，男性就如同聚集在砂糖上的蚂蚁。对于有一定美貌的女子，男人就会没有想象力地一拥而上。这样做的动机，于高桥塔子而言是不可理喻的，但偶尔也会羡慕。她想，假如自己的持有之物对蚂蚁们来说是甘美之物，那么她宁愿把这种东西奉献出来，自己也成为对此趋之若鹜的蚂蚁。只是，高桥塔子没有察觉，她也像对着光源嗡嗡振翅的虫子一样，稀里糊涂地飞。深夜在中野区的自家公寓割腕时，她有一种仿佛被什么东西远远照射的感觉。她紧张地感受着痛楚，一边看淡淡的血流下手腕，一边想：照这样一直流，自己会怎样呢？应该会死掉吧？高桥塔子感受到伤口发热，心跳伴随着针扎般的疼痛感。明明正向死亡靠近，心跳却似乎急剧加速了。

她萌生一种向边界的另一端伸出了手的感觉。

自己和那个自杀的朋友不同，高桥塔子满心不甘。朋友说："一旦变成废物就没办法复原了，世上尽是垃圾似的人，我自己也一样。"她也说在这之中，高桥塔子还算是好的。不过，是这么回事吗？可朋友还说了，自己绝对不会死。高桥塔子看着伤痕，迎来了一阵强烈的晕眩感，让她几乎不由自主地闭上眼睛。高桥塔子像要与之对抗似的睁开眼睛，只有这样凝神聚焦，才感觉得以一直避开朋友自杀后前往的地方，或者是朋友原先待着的地方，停留在那二者之间的一条细线之上。

即便基本参数相同，卡伦·卡森这一辈子都不曾像高桥塔子般处于激情之中。漫步在克里昂库的此刻，与回想起自杀朋友的高桥塔子相比，她情绪相当低落，毕竟下定了决心要与丈夫离婚。卡伦·卡森的情绪波动是高桥塔子的十五分之一左右——按照东戈·迪奥姆的想法，若以获得多大强烈感触来测算人生价值的话，可以说高桥塔子走过了更具价值的人生吧。

卡伦·卡森边走边谋划着推进离婚的事情。对谁，以何种排序进行婉转暗示呢？如何才能顺顺利利进行呢？思量之中，自己完全不爱丈夫这一点逐渐凸显出来，让她感觉难为情。想来，这段关系当初不就像是从盘算开始的吗？通过与有名气的丈夫结婚，有才华、有野心的自己地位更加稳固，这是不争的事实。丈夫弗里德里克·卡森是生物学家，其业绩是有目共睹的，他的研究极具独创性，以至于还开辟了全新的学术领域。卡森先生不仅拥有俯瞰人类般的宏观视野，还善于慎重地对具体事物进行细致严密的分析。卡伦·卡森还是学生时，就读过他的著作《铁与法、坐标与温度》。该书被公认为名著，以超卓视角论述"作为生物的人类获得特权性地位的过程"。这种感觉当时应该让卡伦·卡森颇为动容。然而,此时的她已不大能够回想起那时候的感觉了。她难以理解,丈夫既然拥有如此超卓的头脑,为何对她的看法却那么片面呢?他需要把控卡伦·卡森身在何处、在干什么,对她职业生涯中的每一步指手画脚,巨细靡遗,将判断强加于她。他解释自己建议的正确性,要将她的人生置于自己的支配之下。露骨地说,卡伦卡森认为丈夫的世界观是这么一种逻辑:为了为弱势者带来更多利益,掌控环境的优势者须介入他们的阶层,且有责任介入。卡伦·卡森再次阅读他的著作,从中读出的,是令人讨厌的强烈自我主义;细读时便能看出其中的不宽容,以及不接受自己以外的人存在。她认为,一个以自我为中心,带有幼儿式暴力性、僵化的思想家,就是自己丈夫的真实形象。然而,离婚成功、两年后与学生时代的朋友再婚后没多久,她就拿第二任丈夫与卡森先生比较了。她以为卡森先生有着恶魔般冷静清晰的头脑,甚至带点邪恶的才气。离婚前夕也就是一个生性多疑的初老男子,可一旦离婚了却显得光彩照人。最终,卡伦·卡森弄不清自己最想要什么了,即使临近人生终盘,也只觉得人生更加不靠谱了。然而,即便这样,路也不可能重来。她只好一边按捺着未能满足的欲望,一边死了心,当自己时运不济。

延至田山米歇尔这一代来看,这种事情也许难以置信,但就像拥有相同参数的高桥塔子和卡伦·卡森会迎来如此不同的结局一样,在第一形态,人生无非就是不由自主地滚落下去的东西。不能修正基本参数,非但如此,还无法充分提供能以天生条件去试错的空间,最后甚至导致人的夭折——第一形态之下的人生,就是这么回事。

东戈·迪奥姆在他不为人知的著作中描述为"值得爱的偶然性"

的东西，是打算作为针对人类未来的警钟，抑或只是带着羡慕的逞强？

"彻底排除掉偶然性之时，处于人类第二形态的人们就会视其为终极的奢侈，在不知不觉中变得怀旧了吧。他们一定会想起：在一切都正确配置的世界，生乃偶然。人们将在永远的无动于衷之中切实感觉到，无论是让生终结，还是让生开始，其实都应出自偶然。"

东戈·迪奥姆的九世孙田山米歇尔健在时，偶然地搞了几次赞美偶然的大运动，当中还有被称为"偶然崇拜主义者"的激进团体。偶然崇拜思想似乎容易在以西历纪事的时期流行。被这种思想熏陶的人，往往使用轮盘来决定往下是否要持续"生"，但严格来说，这种做法不能被称为"偶然"吧。在那时，自杀无疑是违法行为。从疾病或伤害的成功救助率几乎达到百分之百时起，自杀和"消化死"——消化迄今人类历史中累积的所有情感、思维方式而死去——这种死法之间的区别已经明确了。至死为止必须经历的不同情感模式、心路历程模式，被作为人生检查要点加以归类，在全人类总数中各自按比例增加，细分得越来越细致。

偶然崇拜主义者赌博式地强行自杀，一方面是因为伦理上尤其不允许。但是在这个大半人曾改变了信仰因素的社会，犯罪的概念多样化了，予以追究的惩罚模糊不清，不发挥作用了；另一方面，"忽略他人不被允许的行为"也成为人生检查要点之一，所以事态复杂。无论对犯罪的认识变得多么淡漠，"不允许他人去做的行为"的标准一直层层拔高。但可喜的是——或者说可悲的是，让田山米歇尔的大炼金获得容忍的基础正迅速形成中。

田山米歇尔在世时针对这样的时代趋势，做出了激烈的反抗。他最喜欢住的，是一个面积为9.26平方米的房间。他将交叠的十指置于面前思考着。周围散乱地放着强化塑料制造的容器，容器上黏附着脂肪酸复合物和淀粉粒。他活动一下身体，手肘碰到了箱型控制器，显示器切换了内容，大播特播人类历史上的最佳笑话。因为每次通过人生检查要点都会抛弃许多禁忌，所以看那些笑话发笑的人几乎没有了。尽管如此，为了保持精神健康，有时也有必要采纳"发笑的类型"。田山米歇尔感到焦躁。第一形态的先人们付出了许多牺牲、流了许多血才完成的东西，竟是这般无聊？到了无法忍耐、待不下去的地步，他就进入体验第一形态的装置，模拟体验曾经的人类人生。装置里面的设定，性别、年龄、人种、境遇每次都有变化，因其设定的差异，行为结果或伴随而来的感情会产生戏剧性的变化，倒是十分有趣。田中米歇尔无形中保留的自我或自身特点，在装置中自然地反映出来了。

一离开装置，返回现实世界，田山米歇尔便越发感到无依无靠。这种时候，他就会神经质地摇晃起头来。他的这个毛病通过媒体被广为人知，在人们眼中极具魅力。人们兴味盎然地观察他，看他不着边际地解释已经毫无新意的艺术作品，看他为模拟体验的从前的人生流泪。渐渐地，田山米歇尔闷在9.26平方米的房间里不出来了。

"您接下来要干什么呢？"人们通过媒体向田山米歇尔提问。他只是面无表情地不出声。尽管如此，人们仍对他有兴趣，继续耐心围观。

田山米歇尔很快就认输了，说道："我要制造好多金子。"

"金子？"

"对，制造好多金子。"

人们完全摸不着头脑，希望问清楚，但田山米歇尔猛摇头。

也许第二形态的人们对金子很淡漠，但对于第一形态的人们而言，尽量多产出金子，也是勤勉的证明。即便对于远离贫困或生存竞争的人，在选择配偶或者恋爱对象时，看重对方的金钱持有量也是极普通的一点。例如，赵义廉的妻子就是这样的。她是极端的拜金主义者，赵义廉在克里昂库的摊档街回想起妻子，心情便沉重起来。他一口气买下了价值三万六千欧元的抽象派画作，这个程度的支出并不让他心痛，但他妻子对有关艺术品的高额支出很严格。她并非不知道，假如是艺术品原作，就比金钱更有保存价值。然而她是个现实主义者，且对赵义廉是否识货持怀疑态度。之前赵义廉把在南非展销会上购买的画作拿回家，就倒了大霉。

"所以这幅画每克值多少钱呢？"

"克？"这里为何要出现重量啊？妻子冷静地询问购入价，赵义廉花了十二万美金，却谎称是十万美金。妻子听了，夸张地长叹一声，让女佣拿来一杆秤，放在他面前。

"好吧，你听着，如果这幅画在两千克以下，会怎么样？那就等于你买了每克贵过金子的东西。假如是那样，你是真心以为，某人拿颜料左涂涂右抹抹的东西，就具有这般价值了？"

赵义廉觉得像个笑话，回应说："这是油画，挺沉的。"但妻子的眼神让他怔住了。画作搁到了秤上。秤盘因画布的重量而摇摇晃晃。八千五百克。太好了，比金子便宜。

尽管如此，妻子仍不满意，她瞪着他说："让我看见，我可能就撕了它！所以你放到我看不见的地方去！"她说完就走出了房间。那以后的一段时间里，赵义廉都没敢碰艺术类的东西。在克里昂库买下的"钴的具体体现"的画作，且不说作为艺术品的价值，但就重量而言，每克均价似乎不可能比金子昂贵。

在人类的第二形态，田山米歇尔竟然提议制造大量金子，其动机也许是对第一形态时期的致敬。那时金子可是重要的价值尺度。田山米歇尔对希望详细了解的人说："首先，有必要将太阳当成材料；另外，在该过程中人类可能会被烧死吧。动用太阳那件事，是多么浩大、多么无处可逃、多么不可逆转的事啊。你们可能会觉得绝对行不通，但我认为绝对要尝试挑战。"田山米歇尔语带讽刺，极力主张这样的观点。当然，他压根没打算干那件事。不过，他试图干这件事情来体验大家的变化——哪怕他嘲讽，或言述真心话，但在其本人也把握不了的内心深处，这个心思是按捺不住的。这个时代，思考和感情已在脑波层面被人类共享，无从隐瞒，与你是否说出口无关。极限发展的媒体运用一切手段进入每个人的内部，再把解析的信息让众人共有。私有的观念早已被抛弃，所有个体的内在，理所当然地变成全人类共有之物。对于第一形态的人类而言，这也许是遥远的理想，但可喜的是——或者说可悲的是，阻止这一状态实现的技术障碍，已经全部被跨越了。

人们完整地接受了田山米歇尔的思想，立即协商推进田山米歇尔提出的那件事的可能性。在人们的想法被媒体吸收，作为全体的意愿整合起来的短暂时间内，田山米歇尔却感觉自己非常焦躁——自己理应推进大炼金，对时代潮流报一箭之仇。他脑子里浮现出人们以全体意愿接受那件事，然后走向灭亡的情景。就连他这种焦急，也被吸取到人类的全体意愿之中。田山米歇尔晃动头部的动作变得剧烈起来。没过多久，和他的预想无异，他的提案将被实施，这个项目被命名为"大炼金"。也许会像田山米歇尔说的，人类将会死得一个也不剩，但作为全体意愿，也就那么回事儿吧，这就是高古吉拉特指数社会的可怕之处。

然而，提议大炼金的田山米歇尔自己却难以决断。他开始酗酒，在街上晃荡。他在街上恋恋不舍的，仍旧都是第一形态时代的遗物。田山米歇尔一边欣赏电影，玩玩赌博，与异性交际，进入体验装置领略幸福与苦恼，一边自问：提案虽属自己，但他们乐于接受，还郑重其事地取了名字，这样的大炼金，自己就接受不了吗？他们果然与自己不同，是高等得多的存在吗？那些家伙真的认为一切都无所谓吗？自己害怕自己死掉吗？为何自己如此纠结于"自我"这玩意儿呢？他们同等地重视或者轻视自己和他人，由衷接受这样子，自己为何总是不能达到那种境界呢？被寿命束缚的时代已终结，人类已经走出黑夜，却仿佛只有自己总是不能觉醒……

理所当然的，除了田山米歇尔之外，纠结于个体或生命的人，当时是作为少数派存在的。另外，在令田山米歇尔倾倒的人类第一形态时期，也有一部分艺术家预感到未来的少数派——"无法觉醒的人"被排挤，开始了表演活动。其中留下了显著功绩的，是兴盛至二十一世纪中期的艺术家团体"钴的具体体现"派。对他们活动的评价，"前卫性"和"时代错误"可谓各占一半。虽有部分批评其"自命清高"的声音，但高水准地兼顾商业成功和艺术性这一点，使他们的活动好评如潮。尤其是蕴含在作品之中的，俗称"钴之忧郁"的主题，在富裕阶层中评价甚佳。虽然"钴的具体体现"最终以解散收场，但他们解散前的作品被留下来，还在各地定期展出，直至在大炼金时被烧毁。

田山米歇尔在街上闲逛，最后信步踏入的美术展览也是集中了他们代表作的地方。进入会场，他首先目睹了赠予Emosynk公司创始人的壁画，此人为"钴的具体体现"出资甚巨。这幅壁画保存状态好，色彩鲜艳，但就是一幅单纯的画。画作仿佛从上往下描绘大海的截面，蓝色渐渐变浓，到了底下接近于黑色。观察层次变化，也可知添加了其他颜色。微微的黄色、红色和绿色，一不留神就融入整体中，不可识别了。田山米歇尔贴近壁画，鼻尖几乎触到画面。他开始摇晃头部。他察觉到某处的蓝色没有与其他色彩混合，唯有那里没有被涂抹，独立地，由小小的点集聚而成。但这么处理的并不仅仅是此刻看到的那部分，其实整幅壁画都是使用针尖般的画具，以令人难以想象的劳力创作而成的。田山米歇尔往后退，察觉到了：以这个距离，已无法将那片点聚看作点了；再离得远一点，甚至无法将其看作画了。不以物质为媒介，色彩本身仿佛就飘浮在那里似的。而不知为何，靠近看时那些抢眼的点聚残像鲜明地浮现，在脑子里任意膨胀起来。一种压迫感突然袭来，田山米歇尔仿佛被一根巨大无比的手指按压在地面上。在看不见的昏暗之中，颜色仍在闪烁。

田山米歇尔一想到自己所在的时代与描绘出这些画作的画家们相隔绝，便心生痛楚。他们必须花费有限的时光。他们的焦虑、热忱、气息，以及画画之类的艺术活动，当然也作为检查要点留存下来了。然而，这些要点与第一形态时代的行为之间，不是有着根本性的差异吗？我们是不是失去了无法挽回的东西？抱有类似的疑问，也可以列为检查要点之一。这种情况，田山米歇尔当然也知道。尽管如此，他之所以仍在烦恼，是因为他想到许多人通过的检查要点似是而非，但如若是自己，也许就能找到恰如其分的"感受"。自己的这种想法，在迄今为止的数百亿人之中是不是从未有人有过？就在他们好奇的目光之下，不改变参数、以与生俱来的条件忙乱地活下来的自己——自己的想法是否从未有人有过？而遗憾的是，这样想本身也属于检查要点之一。在当时，把检查要点全部消化了，人便可以随之殒命，但消化了所有并非意味着必然死亡。喜欢的话，想要永远活着也可以——无论生或死，都行。田山米歇尔愤然：这算什么啊。

东戈·迪奥姆很在乎自己的遗传因子在未来的占有率，假如他知道了继承他血脉的田山米歇尔活到了人类第二形态的末期，一定会非常开心吧。东戈·迪奥姆预言了未来的世相："一切肉体、精神活动的发展和衰退，均已被研究透彻，超越流芳百世的大宗教家们，积累更深厚的修养，成为世界大势。"东戈·迪奥姆无从获知生活于第二形态的田山米歇尔的苦恼，他在其不为人知的著作中这样记述道：

"在这种状况下，人们很快就会想要恢复偶然性了吧。这正是通往第三形态之路。"

也许田山米歇尔会不自觉地探索东戈·迪奥姆所谓的通往第三形态的路径。不过怎么说也好，他没有读过东戈·迪奥姆的著作。他希望令人们之后持续不断的活动告一段落，作为结果，便很不幸地构思了大炼金。

醉酒蹒跚的田山米歇尔与街上行人碰碰撞撞。虽然街上行走的人多是尚未脱离形骸、精神锻炼不足者，但在田山米歇尔看来他们都是另一侧的人。另一侧的其中一人扶住了撞过来的田山米歇尔。

"你就这么想摔跤吗？"对方以不令人讨厌的音量问道，"是的话，我就松开手。"

田山米歇尔耷拉着脑袋，什么也没回答，就保持着这种姿势过了约五个小时。扶着田山米歇尔的男性路人力竭，二人一起原地倒下，安静的街上随即发出声响。周围的人看着二人，时间仿佛在这一瞬间停止了。田山米歇尔眼中流出泪水。他就是在这之后，开始了大炼金。

田山米歇尔生活的第二形态末期，很长一段时间内人口增减都无限接近于零，即所谓的停滞。大家都觉得，人生检查要点已经包罗万象了。田山米歇尔对自己的种种情绪被编入检查要点而感到失望，想逃离无聊，便开始追慕第一形态的人们。然而理所当然的，人生检查要点并非为了限定人们而设。这一制度有这样的一面：它是为实现人类普遍提倡的理想而编制的。要实现众生平等这一理想，难度比克服生命的有限性还要高。为了实现理想，改变参数或者注入因子等技术被研发了出来。但世界要从根本上发生改变，还得等到技术稳定下来后，人们的认识也有了改变的时候。首先，人生所经历的一切，将它们全部被作为检查要点无一遗漏地收集起来，所有人通过消化这些东西，无论是希望还是绝望，是喜是悲，包括人类的一切心理动摇在内——全部作为平等的东西付诸实践。在这个过程中，在第一形态被认为是"好"的状态（例如美丽、富裕、有才华），和被认为是"恶"的状态（丑陋、贫穷、无能）——待任何人都认识到它们是等价的时候，形态终于被打破，全人类的平等就会实现了。也就是说，田山米歇尔所厌恶的检查要点，其实就是为了实现他的理想而设的。而这个理想，正是他所憧憬的第一形态里不可能实现的。

在第一形态末期，因为有限的寿命和不平等，愿望被极端地实现或不被实现，很多人处于失落或绝望之中不能自拔，精神失常。例如，漫步于巴黎克里昂库的高桥塔子的前方，出现了一名戴遮面头盔的男子。这名男子手持利刃，正在物色施袭对象。他就是在第一形态的不平等中，陷于绝望的人的典型例子。他来自远方，此时正想做一个毫无缘由加害路人的"过路魔"。他念叨着自己确信无疑的理由：像法国这样的社会是错误的，要不得。这里的人，身份被固定，移民政策失败透顶，穷人当街乞讨——自己就是要捣毁它！然而，他自然是弄错了对象，计划完全行不通，纯粹是发泄他个人的不满。他觉得，自己迄今为止已经尽可能地努力了，希望度过较好的人生。可是，什么都不能如愿以偿，只有恐惧地看着韶华一天天消逝。最终他被所在的工厂解雇，眼看居所也不保了。努力到头，结果只得到一种实感：自己不需要这个世界，这个世界也不需要自己。他怎么想都觉得付出的努力与回报不相符，性价比实在太糟了。所以，一言以蔽之：全部不要了！

且不论他的思考能力平庸，简言之，其内心矛盾对其本人倒是贴切相符的。在人类的第二形态，这种心理状态是非常初步的检查要点。人在充分品尝了苦涩之后，各自修正了参数。考虑到这一点，便感觉他有些可悲，他不知晓人类不久即转入第二形态，一直抱持陈腐的参数，因成为"过路魔"而被严厉遣责。

"过路魔"难以达到高桥塔子那种程度的激情，但他却成功地获得极强的感觉。在"过路魔"偏执的思维中，他这样思考：我十分清楚这个世界并不需要我；然而，理应有与我差不多，甚至更不如我，更不被这世界需要，更没有价值的人吧？的确如他所想，在当时的七十亿人口中，以正统的基本参数测量的话，他处于倒数第三十亿位左右。

顺便提一下，想不开以至于沦为"过路魔"，或者做了"过路魔"的肤浅之人要杀伤的对象，被分为以下三种类型：一是看似比"过路魔"有价值之人，二是看似不如"过路魔"有价值之人，三是"过路魔"偶然相遇之人。其比例约为1：2：7。也就是说，大多数"过路魔"喜欢如天灾降临似的袭击人们。克里昂库的"过路魔"也是这种类型。他首先刺向了一名穿着单薄的白人男子的大肚腩，卡伦·卡森见了发出惊呼。他接着又刺伤卡伦·卡森的肩头,然后割伤了旁边的托马斯·富兰克林的额头,之后便对着凯夏普·兹宾·卡利挥舞利刃。

这一切如同化学反应中,药剂滴下后随之产生圆形扩散一样,人们察觉异常事件发生,逃之夭夭。被丢下的,是身受重伤的白人男子、卡伦·卡森、手按额头呻吟的托马斯·富兰克林、躲过利刃却推倒了凯蒂猫玩具商品陈列柜的凯夏普·兹宾·卡利、因恐惧而僵硬不动的春日晴臣,以及与正找寻下一个目标的"过路魔"对视的高桥塔子。在稍远处,赵义廉夸张地扔下了数码相机。

与高桥塔子对视的"过路魔"感到呼吸困难,握着利刃的手微微颤抖,不由得想脱下头盔。高桥塔子凝视着他,仿佛盯着"过路魔"的感情纠结所在。在"过路魔"的心中,不合时宜的记忆复苏了。他在现在的居所开始一个人生活、少年时期起喜欢使用的旧式个人电脑、乐曲装至满容量的第五代iPod、满是洞洞的牛仔裤、将牛仔裤一一取出瓦楞纸箱时的心情——这都是"过路魔"尚未变成"过路魔"时的记忆。然而,与仅仅五分钟之前不同,他变为"过路魔"已是既定事实。清醒过来的他,心想必须实施处心积虑制定的逃走计划。对在大白天作案、打算杀伤多人这类型的案犯而言,提前策划逃走是比较稀罕的。案犯们通常有种说法:"既然自己怎样都无所谓了,对别人也就什么都干得出。"而这名"过路魔"已经超越了这一境界。他很生气:就这样子完全不够!自己连那一点也要超越——捞一把就逃之夭夭!

"过路魔"动作迅速。他按照计划抓了个小个子女人当人质,也就是说,他将利刃抵在高桥塔子脖子上,转入地摊背后。他让她坐在事前藏好的排气量为500CC摩托车上,然后自己坐在她身后,仿佛罩在她身上似的发动了摩托车。他原想逢人就撞,但他一鸣笛,人们已闪出路来。"过路魔"就这样沿着主干道路北上，穿过巴黎市郊，向着海边一直开去。在目的地勒阿弗尔，有一间他在计划阶段已经物色好的海边小屋。把女子扔在远离市区、村落的那间废屋子后离开，就可以捞一把并逃之夭夭。但可喜的是——或者说可悲的是，发生了一点意外。

托尼·赛吉在事件发生前不久，就被高桥塔子迷倒了。凯夏普·兹宾·卡利撞进自己的摊档后，他才比别人晚一步察觉周围的异常情况。人群散开处，高桥塔子孤零零地站着。他随即发现，高桥塔子眼前的男子手握利刃。托尼·赛吉一阵紧张，仿佛后背被敲进了一根铁桩子。他眼睁睁看着高桥塔子被劫持，小心藏好店里的钱，走去取了停在附近的上班专用小摩托，毫不迟疑地开出去追赶"过路魔"。此外尚有一人朝着"过路魔"离去的方向仰着鼻子，身体向前倾——凯夏普·兹宾·卡利的脑海里，浮现了疾驰而去的摩托车残像。因为吸入了大量空气，他几乎出现过度呼吸的症状。

处在这场混乱中的人们，举动可分为几个类型：大多数人被眼前发生的凶案吸引了注意力，呆住了；也有人完全不受影响，继续着原定的动作。前者几乎都在静观事态，也有人为了让情况好转，很快便有所行动。已有两通电话打出呼叫救护车，一名女护士自报姓名，上前检查负伤者的脉搏。另一方面，不受这一连串事件影响的极少数人，照旧继续手上的事情，或各奔东西，离开现场；又譬如凑巧在现场的小偷，乘混乱之机，对观光客的包或衣兜疯狂下手。

一对刑警搭档最早抵达克里昂库现场，他们发现摊档的钱柜里没了钱，用警车的无线对讲机做了如下报告："两名劫匪联手作案，看来像是抓了女子做人质。现场证言内容有矛盾之处，逃离方向目前不明。"

二人联手？劫匪？不对啊，那是所谓"过路魔"，不就是一人作案吗？春日晴臣模模糊糊听着刑警的法语，觉得奇怪。凯夏普·兹宾·卡利眼看就要因呼吸过促昏厥了，他按住狂乱的鼻子，内心也抱有同样的疑问。他向在一旁发抖的亚洲人男子搭话，此人果然是那个女性人质的同伴。凯夏普·兹宾·卡利见赵义廉虚弱地点头，脑子里再次浮现摩托车疾驰而去的景象。凯夏普·兹宾·卡利的鼻子又开始不受控制地猛吸入空气了。他肺部膨胀，视野白茫茫一片。可能是他的心理作用吧，远处似乎微微传来卡伦·卡森的血腥味。那是西北方向，与急救车载她离去的方向正好相反。她的血仍附在不锈钢刀刃上，和其他人的血的气味似分又合。他明白，这气味正迅速散去。

然而，凯夏普·兹宾·卡利已三十多年不曾运用这种能力，基于这种能力做出判断，实在令人踌躇。只是，眼前赵义廉苍白的脸色说明了事态的严峻。

凯夏普·兹宾·卡利主意已定，他把赵义廉拉到刑警跟前说道："这名男子是被绑架女子的熟人，他说他有线索。"刑警锐利的目光几乎让他语塞，但既然说开了，就没法后退。凯夏普·兹宾·卡利摆出一种要为刑警和赵义廉做翻译的架势，同时希望得到一张地图。他翻开随即送到的地图，找到巴黎郊外西北部的页面，指出某个地点。刑警的眼神越发凶狠。凯夏普·兹宾·卡利强忍着不移开视线，与之直接对视。

几辆标致牌的警车赶到现场，凯夏普·兹宾·卡利和赵义廉上了其中一辆。因为刑警们觉得，这样一来至少有人抓在手里，加上他们也有功利心。就在凯夏普·兹宾·卡利和刑警瞎扯之时，警车开到了地图上的地点，停在路肩。豪赌事与愿违，刑警们灰心丧气。坐在后排的凯夏普·兹宾·卡利要求他们开车窗。两名刑警绷着脸面面相觑，但还是说"给他开吧"。车窗降了下来。

微风吹来，凯夏普·兹宾·卡利感觉半边脑袋疼痛。他的鼻翼翕动，在他意识到之前，那鼻子已开始深深吸入自外流入的空气。就像向雪白的画布泼洒颜料一样，一股浓郁的气味卷走了他的意识。凯夏普·兹宾·卡利当即把握要推进的方位，指示出地图上更西北的地点。他的声音里带有奇妙的说服力，影响力可见一斑——毕竟他日后可是被当成神灵附体的人，还对一亿信奉者有着影响力。

　　随着车子开动，大量外气进入，直接刺激了坐在后排的凯夏普·兹宾·卡利的鼻腔。他越是深呼吸，越是陶醉，不一会儿便不再顾忌周围的目光，鼓起鼻孔猛嗅起气味来了。已经无法制止他释放能力了。他满腔吸入流入车内的空气，从未感受过这种心荡神驰。

　　托尼·赛吉骑着小摩托，开头还紧盯着前方"过路魔"的影子，但因为规格的差距，马上就被甩开了，但他还是不放弃。而他之所以一直选择了正确方向，其实纯属偶然。"过路魔"计划逃至勒阿弗尔，而托尼·赛吉只是拼命开着小摩托，无意识中开回了自己的故乡而已。等托尼·赛吉清醒过来，他已身处距离巴黎一百公里的地方了。想来别无其他，不过回一趟故乡而已。小摩托的发动机发出呻吟声，托尼·赛吉灰心丧气，减慢了发动机的速度。现在的他，已来到离勒阿弗尔还剩下一半路程之处。他产生了时隔许久回故乡看看的心情。

　　几个小时之后，托尼·赛吉抵达了这座港口城镇。市中心开起了他小时候没有的大型药妆店，还有麦当劳。虽然养父发现婴儿托尼·赛吉的那个小港口仍是一成不变的老样子，但停泊的游艇看来都是旧式的，似乎反映了近期经济不景气。他下了小摩托，一边眺望大不列颠岛一侧的小小船影，一边在熟悉的地方漫步。推小摩托的手很沉重。

跟丢了被"过路魔"掳走的高桥塔子，也是他灰心丧气的原因之一，可那仅仅是其中一个方面。托尼·赛吉凭借东戈·迪奥姆遗传的清晰头脑经营着黑市生意，非常满足于贫穷的生活。他天生就和强烈的愿望、努力无缘，不在乎遭遇的好坏，做事坦诚，愿无灾无祸就好。极端地说，他产生小小的愿望，而那小小的愿望实现不了的情况，迄今为止一次也没有过。换言之，托尼·赛吉从小就切身体会到自己出身的不可靠，一直以相信枯木可以重生并为之不断浇水的朴素态度，在古吉拉特指数50前后的范围内采取行动。追逐一见钟情的对象高桥塔子，一下子就来到了海边小镇勒阿弗尔，正可谓非常符合托尼·赛吉的行为模式。托尼·赛吉推着小摩托一边在海边漫步，一边想：难道第六感没有从中起作用吗？那家伙会不会恰巧就逃到了这里？

身后有人和他搭话。他一回头，见是义务教育期间和自己上同一所学校的米歇尔·弗兰索瓦。

"咦，你不在巴黎吗？"时隔五年相遇，但嘴里叼着棒棒糖的他看上去几乎没有变化。

尽管托尼·赛吉没问，米歇尔·弗兰索瓦还是说起了自己的近况。"之后嘛，嘿，我手很巧，对不？于是最近……也没啥关系的，就开始画画了啊。不是我要弄的，是搞艺术的大哥给我钱，让我照着画的啦……不，不是亲哥啦，那也没关系的。要说嘛……与其说那家伙是艺术家，不如说是生意人吧。除我之外还雇了几个人，说是蓝色的画好卖，就像大海、星星之类的？我负责用针去戳的活儿。真的很累人。"米歇尔·弗兰索瓦让他看自己沾了蓝色颜料的指尖。

托尼·赛吉想起了什么，试着问道："你看见过一个骑着500CC黑色川崎，车座前坐着一名东洋女子的人吗？"

"看见啦。"

"行啦，我就是问问而已啦，再见吧，谢谢"——托尼·赛吉本只打算这么问一嘴便转身离去，却被对方的话吓一跳，连忙追问："你看见了？你是说，你看见了？"

"对啊，我看见了。那长头发的亚洲女人没戴头盔。怎么？有什么关系吗？"托尼·赛吉脊背一阵麻痹。他想，事儿还没完。

警车上的一行人也相继接近了勒阿弗尔。每到一个岔路口，凯夏普·兹宾·卡利就像要把绝招表演一番似的，仰着鹰钩鼻子猛吸周围的空气，指示前进方向，压抑了三十四年的本性就像雏鸟破壳而出似的露出脸来。经此一事，这种无法制止的特异功能变成凯夏普·兹宾·卡利的生活轴心。他此后回到印度，扔下了大学职位，在新开设的推特和脸书账号上发言。他的推文词语丰富，能够窥见他以嗅觉为根据的特有世界观，于是渐获好评，期待其发言的粉丝人数与日俱增。当中，信奉他为神灵附体的人直接来见他。身体状况、死亡的气息、不安的气息、谎言的气息，这些都被他如实嗅取，用语言适当地传达。他很有服务精神，只要时间允许，即便对方不能来面谈，他都会通过互联网交流。开始这项活动十年后，他的粉丝人数已经突破三百万。凯夏普·兹宾·卡利神灵附体的能力与日俱增，这种结果算是众望所归。

在他的文章中，有颇受欢迎的"地球的气味"系列。当时他去到加伊萨曼德湖的南端，将全部意识集中于嗅觉，嗅取气味。他闭上眼睛，昏暗之中连声音也退后至远方，充足的水和融入其中的空气，附着湖岸生长的青苔，在水里呼吸的淡水鱼，围绕湖的群山——他凭借最为敏感的感觉器官接受了这些东西。无论是听觉、视觉还是触觉全部退后了,仿佛粒子相结合那般,世界重构为气味的聚集物。凯夏普·兹宾·卡利将这些表现为地球的气味。"地球的气味。整体来看还算不错。不过,在基点西南之南的方位,有不安稳的动静。请西南之南的各位努力制怒……"

基点是加伊萨曼德湖这一点,他的忠实粉丝都知道——在联合国的调查团与他一起行动的卡伦·卡森也是粉丝之一。她遭遇第二位丈夫离世,悲痛之余前往印度旅行,旅行中每天都会阅读凯夏普·兹宾·卡利的推文。

"地球的气味。预感新的开始。好战意识正在减少。再生之时临近。基点以东北方位的各位,挺起沉重的腰杆吧。"这一推文发出时,卡伦·卡森正好在德里。她仿佛由这篇推文引导着南下,主动找到凯夏普·兹宾·卡利位于古吉拉特、用作自宅兼教室的独立房子,与他发生了关系。行为最为投入之时,她眼前浮现了爱人的面孔,也就是她刚去世的丈夫。他盼着跟她有孩子,却志未酬而身亡。她心想着迄今最想得到,却未能到手的东西。

卡伦·卡森一边和凯夏普·兹宾·卡利发生关系,一边感觉自己正干着非常正确的事情,也不知为何。蹲监狱似的第一次婚姻,充满关爱的第二次婚姻,在遥远的过去曾隐约感觉到的对凯夏普·兹宾·卡利的好意,以及在德里逗留时碰巧看见的推文——如果这些实际发生的事情没按照时序发生,她此刻就不会在这里。

卡伦·卡森虽已年过五十,但此时才头一回不是通过他人的反应来推测,而是以自然的情感去感知自己的美丽。凯夏普·兹宾·卡利的情况也相似,一边感到卡伦·卡森身体深处的芬芳恍如久酿的蜂蜜,一边极难得地兴致勃勃了。

"这是那时候的伤口啊。"他听着卡伦·卡森静静的声音，由她拉着手去抚摸那肩头的伤疤，回味着已远去的兴奋余韵。作为这一次激情的结果，卡伦·卡森第一次怀上了孩子。凯夏普·兹宾·卡利躺在卡伦·卡森身边，怀念起与她一起行动时的情景。在非洲的调查，克里昂库的人群，与此刻的自己直接相关的勒阿弗尔的追踪之行……当中，尤其是那件事，如同挖中喷涌而出的地下水脉，那件充满预知性的、令人亢奋的事——

"过路魔"在昏暗之中端坐着。那姿态，看似在等待什么事情发生。他当然不知道，此时骑着小摩托的托尼·赛吉以及由凯夏普·兹宾·卡利引导的刑警们正渐渐迫近。与他表现出来的镇静自若正好相反，"过路魔"其实已处于半错乱的状态之中。过程恰如想象，一切几乎已按计划进行。

"然后……"他打算想一下之后的事情，但脑海里似乎一团漆黑，思考无法进展。刺杀别人的感觉，如今仍十分新鲜。实际刺杀的感觉，与他在头脑中多次描绘的情景差不多，只是记忆中的感触远比现实鲜明。利刃被腹部吸入的触感、插中锁骨的硬物阻力，他的脑子里浮现骨边缺损、血液飞溅的情景。"过路魔"明明都干过这些事，却幻想着一切从未发生。他嘟囔着"全部微不足道"，感觉自己已经逃脱了。

他之所以成为"过路魔"，极端地说，是因为他干出了"正确理解现实"的事情。对于第二形态的人而言，那只不过是检查要点的初步。然而可悲的是，处于东戈·迪奥姆所定义的"人类第一形态末期"，几乎所有人只能干"正确理解现实"的事情，而没有时间和机会看清楚现实并加以珍重；假如有一定程度的经济能力，进一步还有伴侣、孩子的话，珍爱浮世的表层，一边消愁一边活着，相对来说也不难吧。然而在第一形态末期，对于那些什么都没有的人而言，就是比较吃不消的时代了。虽然变成"过路魔"的只是其中一部分的人，但对当时人们的安全保障而言，"过路魔"的存在肯定是个棘手的问题吧。

在镀锌铁皮的小屋里，他像是代表着没有着落的第一形态人们一样，在没有色彩的风景里，感受着独自一人被撇下的不安。若关上简陋的门，这里便陷入连窗户也没有的昏暗。"过路魔"就是喜欢这一点，才挑选了这里。他头也不回地穿街过巷，什么人都不想看见，也不希望被任何人看见。如同失败之作的自己也好，比自己强一些的他人也好，他似乎都非常了解。"过路魔"尽管曾经发奋，最后也放弃了，心想肯定逃不掉了。他发出"哈哈"两声，试图嘲讽一番，想甩掉那种失意，但那笑声也旋即消失在背后。他感觉再这样下去，自己也要被昏暗吞没了。咦，周围也不是完全昏暗……镀锌铁皮墙壁的某处地方，有一条竖的裂纹。

"过路魔"意识到高桥塔子的视线，嘀咕一声"晃眼啊"便站起来，脱下身上的衬衣，堵在墙壁的裂纹上。于是，小屋里头就一片昏暗了——看似如此，可不到五秒钟，眼睛适应了黑暗，他便再次看到镀锌铁皮连接处渗入光线来。

"混账，烦透了！""过路魔"发出沙哑的叫苦声。

昏暗之中，被捆住的女子身影模糊，只有两只眼睛承受了微弱的光线，眨了一眨。

"嘿，没什么啦。""过路魔"突然辩解了一下，"我就是讨厌太阳嘛。就是这么回事。"

"嗯，真的，太阳挺让人讨厌的，太晃眼了。"他心想自己都说了什么多余的话，感觉站立处的地面要塌下去了。他本不想在女人面前多说话的，但话语却冲口而出，就像瓦砾崩塌一般。

"真的挺讨厌。还不能直视它。嘿，挺奇怪吧。那种东西居然正大光明地高挂着。感觉有点厚脸皮吧。算是——挺雅致的吧。有点那玩意儿也行嘛。"

高桥塔子迷迷糊糊地眨着眼睛，仿佛不愿看漏任何东西似的。而"过路魔"摆脱不了身体里的冲动，继续说道：

"嘿，您瞧吧，都逃到这里了，它还是死缠烂打地闯进来啦，哪怕我完全不需要它。不过就算到了晚上，也一，一样……有东西反射掉那家伙的光线啊。不、不，不是指那个，就算没有月亮，那家伙的影响还是存在的，无论在何处都会有。即便在漆黑的夜里，那家伙的碎末也在，就像粒子似的……就是指太阳啦。它一直都在的。逃不掉的。太，太阳啦！你听我说了吗？哎，你是日本人吧？既然是，就应该知道的吧？最、最近啊，我看了你们国家的新闻啦。就是'过路魔'的事件。我、我不是'过路魔'，其实是'过路魔爱好者'。我看了，七十二岁的老婆婆刺杀了六十八岁的老婆婆，说'你几岁啦？我七十二啦'，她没有自杀，而是选择去当'过路魔'。两者不是同一回事吗？不是让对方终结，就是我自我了断。可是嘛，那家伙永不停歇啊，不公平嘛，我发现了。所以我非逃走不可。既然刺了人，就必须逃跑。因为那家伙不公平，我指太阳啊。因为下场早就注定了嘛。输定了。因为我们呀，就像那，那家伙的余势一样的，像影，影子似的东西嘛。就是指太阳啊。所以必须逃，逃离它。不，可是逃不掉啊。啊哈哈。我是指太阳啊。输定啦。也就是说啊——"此时"过路魔"突然打住。他抬起头，直接承受高桥塔子的视线，说"我是指太阳啦"。

之后时过境迁，人类来到第二形态的末期。把自己关在9.26平方米房间的田山米歇尔终于发现了加速太阳的核聚变、生成金子的方法。当时，扬眉吐气的他通过媒体说"要制造金子"。田山米歇尔的发现始于一个假说。那就是将被称为"上帝粒子"（由来于赋予基本粒子以质量）的希格斯玻色子直接注入太阳即可。通过这一方法，原子核之间的吸引力和互相排斥的库仑力之间的平衡被摧毁，太阳中的核聚变便可以推进至氦之后的元素了。这一假说成立了，剩下的课题就是调节这种变化，也就是说要在实现生成金子的阶段，找到停止核聚变的方法。他推测，相对于促进核聚变的希格斯玻色子，应存在一种作用相反的基本粒子。自这个心血来潮的猜想出发，他推测对核聚变过程起调整作用的阻碍性基本粒子也应存在。首先向太阳注入希格斯珀色子，再打入装有最优配置后的阻碍基本粒子的太空舱。通过这种操作，人类自古以来的梦想——炼金术，不，是谁都未曾设想过的规模空前的大炼金，便成了可能。

田山米歇尔微微地，进而猛烈地摇着头继续思考。真的没有什么遗漏了？不过，既然已将所有人的成果都设定为检查要点，有众多的人已经通过这一切终结了生命，那这不就是一个愚蠢的问题吗？从客观上而言确实没有遗漏了，尽管如此，田山米歇尔仍旧冷酷地不断重复着苛刻的自问：经历漫长的研究走到这一步，可以就这样完结吗？正因为有问题，所以才需要从现在开始思考吧？在他思考期间，核聚变加速装置的倒数计时器也在继续运作。

那台基于田山米歇尔的理论制作的核聚变加速装置，从设计到安装的过程都极为迅速。装置做好之后，田山米歇尔为了履行说明义务，召开了多次说明会。因为大炼金的实施已经盖棺定论，其说明内容始终围绕技术方面展开。在自己召开的说明会上，田山米歇尔总是使用自己亲手制作的仪器。那是一种可以调整深度的、连接特制烧杯的东西，连接部分装有吸水性很强的海绵状制品。他对这个仪器一直有种莫名的执着，每逢说明会便一再改造。

"明白了吗？首先要调整烧杯的深度。放多少水呢？也就是核聚变要推进至什么程度，一开始就要定下来。然后，在里面注入水。这些水也就是能量。请看——对，水像这样要溢出来时，周围的海绵体吸收能量。然后，海绵体向其他烧杯滴滴答答滴着水。没错，这就是调整催化剂效果。"对可以改变头脑参数的那个时代的人而言，田山米歇尔所解释的理论，不用说理解它，就连主动发现它，对谁而言都不用费心思。尽管如此，人们还是爱参加田山米歇尔的说明会。

人们之所以像一只巨眼般盯着他，也许在于他缺少了某样东西。他完全不具有显示独创性的因子，也就是所谓的才能因子。令人维持刚出生的初期状态的时间长短，和才能因子或信仰因子的存量成比例。田山米歇尔虽然没有任意一种因子，却能长期处于初期状态。是什么作用，能让他处于那样的特异状态呢？田山米歇尔那样的存在，是要寻求什么、干什么呢？即便只有微不足道的一点点，田山米歇尔的内在世界里也的确留下了对第二形态的人类而言的未知领域。若不是他提倡，也许就没有大炼金了。

"在人类的第三形态，"东戈·迪奥姆接着作了以下叙述，"人类在第一形态须唾弃从而排除、克服的东西恢复正当性；在第一形态避忌的偶然性、有限性、不公平、任意妄为，以及其他一切偏离，应在第二形态被完全排除，但在第三形态，终于可以恢复原来的意思。被置于无意义的环境中，被无情抹去的人们的价值，到那时人们便能正确理解了吧。在第二形态末期，不遵循迄今为止的人类文化语境规律的特殊情况将出现——恐怕会出现带有倾向性的，或是反动的个体。当人类将以全体意愿祝福这号人物出现的同时，人类通往第三形态的道路也被打开了。"

如果田山米歇尔阅读东戈·迪奥姆的著作《凝固的世界》，知道九代前的先祖想象着超越自己时代的事情时，也许会改变自己的做法。他也许会让人们抛弃大炼金的选项，努力探索其他可能性。可是，保存东戈·迪奥姆著作的金库深埋于地下，谁也不曾打开过。就在被称为太阳系的空间里将要出现巨形金块的途中，田山米歇尔也将辞世了。而这一瞬间的他，非常接近东戈·迪奥姆面对死亡时的精神状态。他真切感受到，自己就是迄今流逝过的时间的集合体，有某种东西正需要以自己为媒介通过。那种担心与不安的感觉正如深夜里静静燃烧的烛火被噗的吹灭。他心生一股敏锐的直觉，就像是神经被直接触碰，身体不由得扭曲一般；他想用语言表达某句话，拼命伸出手，但也只能徒劳地在虚空中挥舞着。最后浮现在他脑海中的是"总有一天"以及"尽管如此"这两个词。如果在这个时候，凯夏普·兹宾·卡利就在田山米歇尔身旁的话，也许田山米歇尔就有话要跟他说了。因为凯夏普·兹宾·卡利"神灵附体"的能力在他人生终盘之时到达顶峰，以至于全世界的权势者齐集，盼望和他面谈。然而遗憾的是，田山米歇尔和凯夏普·兹宾·卡利的在世期间完全不重合，所以这是根本不可能的。

晚年的凯夏普·兹宾·卡利几乎拒绝了所有面谈的约请，避免与人接触。他在私宅兼教室的房子里嗅着地球的气味，在互联网上发布信息，他的能力已经提高到不必借助加伊萨曼德湖隔绝杂味。凯夏普·兹宾·卡利的粉丝们被其称为"弟子们"，已达一亿人，但对他来说，真实的人气味太强烈。除了他们，他也没有他想见的人了，双亲已去世，自己也没有配偶；活着且有血缘关系的人，仅有此生有过一次肉体关系的卡伦·卡森怀上的那个孩子。某天，他收到一个通知，说那孩子要与托马斯·富兰克林的孙女结婚。已不再见人的凯夏普·兹宾·卡利接到托马斯·富兰克林的电话，约定了见面。他似乎也有点怀念神灵附体前的自己了——会有这种怀念之情实属难得。

凯夏普·兹宾·卡利在古吉拉特的私宅兼教室里，实现了二人自巴黎告别后时隔四十年的见面。凯夏普·兹宾·卡利在露台上开心地听着托马斯·富兰克林讲话，话题从谈论凯夏普·兹宾·卡利那从未谋面的儿子开始。成为二人聊天话题的还有这一点：他儿子的结婚对象，即托马斯·富兰克林的孙女，她的母亲——托马斯·富兰克林儿子的妻子，其实是托尼·塞吉和高桥塔子之间的孩子。

"您不觉得这是奇遇吗？"托马斯·富兰克林的话告一段落，神情愉快地摇晃装着杜松子奎宁鸡尾酒的酒杯。然而，这对"神灵附体"，且要守护一亿粉丝的凯夏普·兹宾·卡利而言，并不是什么稀罕奇遇。喝下第一杯酒的托马斯·富兰克林说起了自己手头的研究项目，然后表示也想知道凯夏普·兹宾·卡利的活动，尤其想听他具体谈谈自己的一亿粉丝：他们是由什么立场的人构成的？对凯夏普·兹宾·卡利来说，发出信息与接收粉丝们的信息，孰轻孰重呢？什么东西会对他产生精神上的影响？

凯夏普·兹宾·卡利闭目回顾弟子们的情况，答道："不可思议的是，我有时不明白自己是活着，还是死了。自己是不是变成波浪似的存在，只是在他们的意识之上游荡而已？"就在这么说话时，凯夏普·兹宾·卡利也在继续着和粉丝的信息往来。他已不必像从前那样用手或者声音录入文字，文字可以从他的脑波自动被记录下来。与之不同地，为了与托马斯·富兰克林说话，他使用了嘴巴。

"我早前已经死了，是他们还记得我而已吧？或者，他们沉浸在我去世后继续做的梦之中，就么回事吧？"

"你还活着！至少在我看来是这样的。"托马斯·富兰克林极其认真地说，死盯着凯夏普·兹宾·卡利对不上焦的眼珠子，"有一件事我想请求你，可以的话，能把那一亿粉丝的账户让给我吗？"

凯夏普·兹宾·卡利明白，那才是托马斯·富兰克林的正题，他正是为此来见自己的。

"如果你肯让给我，"托马斯·富兰克林继续说，"我不介意和你分享刚才说过的研究成果。也就是说，你像我一样，今后不会死了。怎么样？"

被这么一问，凯夏普·兹宾·卡利摇了摇头说道：

"我就无福消受啦。"

"为什么呢？我还开发了制造金子的方法，如果可以的话，我都告诉你吧。"

"不啦，那个也是我无福消受的。不过，你为什么想要那些东西？"

"为了我的下一个研究嘛。"

"嗯哼，是吗？那么，你现在马上就能和我替换吗？我告诉你登录账号和密码好了。"

托马斯·富兰克林将酒杯放在桌面上，盯着凯夏普·兹宾·卡利说："你是第二个人啦。"

"什么意思？"

"像这样回答我的人。说实话，我已经向八个拥有一亿粉丝的人提过同样的计划了。"

"呵呵。"

"能不能以永生之力作为交换，把账号让给我，你是我第九个这么问的人。"

"嘿嘿。"

"有人接受，也有人不接受。不过，也有人无条件送给我，就像你这样。"

"那你怎么样了呢？"

"哪有怎么样！我只是试探一下而已嘛。"

"可你那么干，早晚会变成一个莫名其妙的人吧？我有那种感觉。"

☉

托马斯·富兰克林心想：

凯夏普简直有一双慧眼。从他担心我那时候起，远道而来的自己渐渐领悟，只能表现现实所发生事情的近似值。我之所以仍然独自陈述，是因为觉得如果停止叙述，似乎一切便烟消云散了。像这样翻出曾经的人物和事件，用第一形态的语言陈述，自己果真就会变成莫名其妙的人吗？或者说时至今日仍继续陈述的自己，才堪称为人类的第三形态？不，那无法不直视的巨形金块才是吧，我不过是所谓的"赠品"吧？

虽有讨论的余地，但凯夏普就是曾经的我。

也就是说，凯夏普·兹宾·卡利把自己拥有的一亿粉丝的账号让给了托马斯·富兰克林。此后，尽管统计有重复，但追随托马斯·富兰克林主张的粉丝总人数多达九亿人。正如他本人所说，这是为推进下一个研究的部署。托马斯·富兰克林曾把自己的研究称为"个体骚扰"。当被问及是对什么进行骚扰时，他就总是岔开话题，唯独某次酒至酣时，他透露了这么一句："不妨看看贝拉·塔尔的遗作吧。"

在古吉拉特，托马斯·富兰克林和凯夏普·兹宾·卡利聊天时对自己的研究也用了"个体骚扰"的表达方式。凯夏普·兹宾·卡利听了并没有特别说什么，只是皱起眉头，像看待将死的重症患者般盯着他。

然而，现实中先去世的倒是凯夏普·兹宾·卡利。一方面，春日晴臣、高桥塔子、托尼·赛吉、卡伦·卡森、赵义廉这些人都去世了，另一方面，凯夏普·兹宾·卡利在互联网上得到了永生。粉丝人数在本尊换人之后仍继续增长。由托马斯·富兰克林管理的账户，粉丝总数达全球人口的30%。他觉得这些人每天都经历着奇迹般的偶然事件。人类被称之为"偶然"的东西，形式正在变化。

托马斯·富兰克林接触粉丝时，给自己制定了严格的规则。他不改变原账户所有者的立场，发言内容也不反映自己的意志，始终如一地观察着。自己要对粉丝施加影响的唯一例外，只限于人们要统一意志，打算将人类探索范围扩大到太阳系以外这种情况。托马斯·富兰克林觉得，人类好不容易争论到这一步，在扩大探索范围时却返回野蛮状态，实属徒劳了。

继续吸粉的同时，托马斯·富兰克林的人生中，所有和他有关的人，都与他在互联网上张开的那张巨网某处挂上了关系，从实质上转换成他的粉丝。然而不可思议的是，属于春日晴臣血脉的人竟然恰好逃脱了那张网。虽然春日晴臣的配偶成了托马斯·富兰克林的粉丝，但他的儿子和女儿，以及孙子们都与此没有任何瓜葛。托马斯·富兰克林得意于某个自己才知道的、细微的偶然，对春日晴臣如小小涟漪般留下来的形质感到兴致勃勃。想来，那就像一个可以回味良久的笑话。

⊙

都已经是第二个周五了！

春日晴臣作为"过路魔"事件的相关者，不得不滞留法国。他愤愤地瞪着巴黎警察局接待室的墙壁。按照春日晴臣的原计划，此刻的他应在飞往日本的航班上。他打算一抵达羽田机场就直接前往新桥，入住廉价酒店，叫女性服务。无论是酒店房间也好，还是指定哪个"送健康"姑娘也好，他都已经决定好了。最初接受这样的工作就是个错误，春日晴臣恨恨地想。花这么长时间飞过去，听不靠谱的非洲人瞎扯，还差点被扎一刀，按理说，应该有更合算的工作才对啊！像那种离家不太远的、胡乱应对一下就能搞定的、没有任何人期待具体效果的工作。干得怎么样都无所谓，只要是名头响亮的活儿就行，诸如此类适合自己的工作，肯定是有的啊。

春日晴臣那别扭的诚意又呈现在脸上了。这全是那个出售婴儿的家伙造成的！在孩子正常成长起来、懂得自我保护之前，身边就得有人精心呵护他，尽可能让他处于有利的环境里，这才是人类应有的做法吧。否则，孩子的妈妈和孩子的奶奶不都吵翻天了吗？哎，烦透了。

赶紧解决啊!这些人以为今天都星期几了啊?

恰在此时,在勒阿弗尔,就像要抚慰春日晴臣的焦躁似的,凯夏普·兹宾·卡利搭乘的警车在镀锌铁皮破屋前停下。这摇摇欲坠的小屋的屋檐下,并排停放着追捕中的摩托车和小摩托。刑警们见状紧张起来,用无线对讲机呼叫增援。突然,小屋里发出响亮的声音,门朝外被撞飞了。倒下的门板上,一名黑人男子骑在一名白人男子身上。被按倒的白人男性嘟哝着什么,但警察上前也几乎听不出他在说什么。上了手铐,大家好不容易才听清男子在反复说"太阳"这个词而已。

托尼·赛吉撞破小屋的门,制服了"过路魔"。他笑嘻嘻地将捕获的犯人交给等在门外的警官们。然而,就在他矫健地转身,要回屋给高桥塔子解开绳索时,两名大个子警官扭住了他的胳膊。他愣住了,不知道这是什么意思。一名刑警把高桥塔子从小屋里头抱了出来。

托尼·赛吉心想:不对呀,那是我的活儿吧?

托尼·赛吉大声呼唤,眼看高桥塔子的嘴唇瞬间颤动了一下,但在刑警的催促下随即坐进了警车里。托尼·赛吉双手被铐住,焦急地环顾周围,发现在克里昂库的凯蒂猫玩具货架上乱翻的印度裔男子也跟来了。然而,凯夏普·兹宾·卡利自己走下警车,来回踱步。他眯着眼睛恍恍惚惚,丝毫没有在意托尼·赛吉的窘境。

托尼·赛吉也乖乖被带走,他以为回到巴黎马上就能澄清误会,但事与愿违,不当的处置延续了很久。待警方了解了整件事情,终于解除了误会,托尼·赛吉跑到当事的刑警们面前搓着被手铐拷疼了的地方,嚷嚷着"疼啊疼啊",快活地看着他们的反应。当时押送他的刑警昂着头,不改其高高在上的态度,但其他刑警还是不停地向他道歉,生怕托尼·赛吉起诉他们抓错人。为此,当托尼·赛吉提出见受害人女子时，轻易就获得了批准。

　　托尼·赛吉在巴黎警察局等着，由走廊射到他跟前的光线被遮挡的那一瞬间，高桥塔子现身了。她留着一头笔直的长发，略微低着的小脸上，浮现着要想起什么重要的事情，却总是想不起来，略带困窘的表情。然而那仅是一瞬间的事情，她在托尼·赛吉正对面坐下来，脸上还是那副既不屑又心灰意冷似的表情，一如既往，但眼神炯炯。

　　托尼·赛吉未经大脑，话语冲口而出。他的口吻带着热情，连充当口译的阿黛尔·迪兰也感到困惑。她是当时警局内日语最好的警员，但并没有能力准确翻译托尼·赛吉那些苦心构思的表白，只能向高桥塔子转达那些剔除掉修辞的大白话。"他在店里干活儿的时候，看见你两次。他觉得你很美。第二次的时候，你也看了他。你的美超过'凯蒂猫'一百倍以上。他绝对需要你。他说，他想跟你一起去你的国家。"

　　高桥塔子由着他，既没拒绝，也没接受他献的殷勤。不管是被"过路魔"拿刀抵着，还是被捆起来，她的态度都没有变化。

　　这件事结束后，托尼·赛吉真的追她追到了日本。托尼·赛吉有遗传自东戈·迪奥姆的优秀头脑，几个语调除外，他马上就学会说一口不逊色于当地人的日语。他取得了东京茅场町一家语言学校的法语教师职位，继续耐心地接近高桥塔子。在他追到她、二人结婚之后，她又获得了另一个名字。然而，无论是结婚初期，还是女儿出生之后，她都没有改变——继续以迄今不变的目光，打量着包括遇上托尼·赛吉在内的自己的境遇。

　　托尼·赛吉远比她适应在日本的生活。在原先兼职的语言学校，他被录用为正式员工，并被提拔为最年轻的主任。就像要和建立起来的生活基础唱反调似的，她曾在深夜里撒泼，嚷嚷说无论多么努力，弄糟的事情都不可能恢复原样，包括托尼·赛吉在内，这世上只有垃圾似的人，就连她自己也一样。遇上托尼·赛吉那时，自己正做着与妓女无异的事情，那时也是被赵义廉买下才会去巴黎。虽然结婚了，但她绝没爱上托尼·赛吉。她经常想，希望马上死掉……她一口气说了这些事情，把自己关在房间里，让托尼·赛吉急得火烧火燎。

一开始，托尼·赛吉极认真地倾听她的话，但他一有异议就被她严厉谴责。随着岁月流逝，他也能稍稍表达不同的意见了，有时是在制作孩子和自己的便当盒饭的时候，有时则是在给汤婆子灌入热水的时候。

"从前的事啦，不提也罢""职业不分贵贱的呀""熟能生巧嘛""着什么急呀，迟早谁都得死的""好吧好吧"。

尽管如此，她还是不罢休：我一路遭受了这么多！人生肯定没好事了！最后只会有一个臭大街的结果！的确如她所说，进入第二形态的人类已经穷途末路。然而托尼·赛吉并不知道这样的终结，即便他知道，他的态度也肯定不会变。面对托尼·赛吉的不动摇，她也终于认输、流泪了。这一哭，已是时隔四十年之后。她伸出手臂，紧紧搂住熟睡中的托尼·赛吉的肩头。

"怎么了？"托尼·赛吉用发音完美的日语说道。她通过后背感受着丈夫随年龄增长而变硬的手，继续颤动了好一会儿。那种感触略不同于稍年轻时打动她的东西。不过托尼·赛吉察觉这一点，是更后一些的事了。曾为高桥塔子的女子最初的名字是什么，他也是那时得知的。总之，托尼·赛吉的行事不会改变。他紧紧拥抱着她，暗暗在心中祈求着"不哭不哭"，就像他父亲东戈·迪奥姆曾经对一个貌丑女孩做的那样，或者像田山米歇尔在大炼金的关键时刻突然想到的，空想中的幸福那样。

在漫长的婚姻生涯中，托尼·赛吉总是一有机会就回想起小屋里的事情。他从"过路魔"手中救出高桥塔子，还有在克里昂库的地摊上为高桥塔子感到惊艳，以及她就在眼前被掳走，等等。浮现在脑海中的画面各种各样，但时常想起的，仍是在勒阿弗尔的大混战：发现"过路魔"骑的川崎摩托车停在小屋前时的兴奋。眼前的确出现了皇天不负有心人的征兆。

当时，不可思议地，他勇敢无畏地打开了门，灿烂的阳光照到屋子里头的高桥塔子身上。他一心要对她倾诉自己的怀春之心，却被挡在跟前的"过路魔"的大声喊叫弄没了头绪。

"别瞎来！尽让人难受，好晃眼嘛！"

"过路魔"像癫痫发作的孩子一样歪曲着脸，流着眼泪要来抓托尼·赛吉。托尼·赛吉想拨开"过路魔"的手，但自己的脖子被对方勒住了。难以想象"过路魔"瘦弱的身躯里会有这么一股怪力。这一意外让托尼·赛吉焦急，他想掰开扼住自己脖子的手，但那两条胳膊坚如岩石，纹丝不动。

"别太过分了！要闹多久啊？住手吧，好晃眼！"托尼·赛吉的意识变薄弱了，噩梦般的吵嚷声也渐渐远去。心跳渐远，满眼昏暗之中有两道光在摇晃。托尼·赛吉心想，这样下去，自己也许就要死了。他没觉得后悔，假如追踪而来的线索与这种结局相连，那也是没办法的，也觉得她只要记得一个可怜的男子为了救她而丢了性命就行。然而，那种幻觉似的绝望持续不了多久。如果托尼·赛吉仍被继续扼住脖子，真的要昏迷过去的话，那么他可能会用全身心的力气去反击"过路魔"，给予对方重创。然而就在此时，可喜的是——或者说可悲的是，"过路魔"突然改变了使劲的方向。"过路魔"放开托尼·赛吉，一边含混地叫嚷着，一边走向门口，很使劲地砰的关上门。

在一片昏暗的房间里，托尼·赛吉愣住了。刚才被使劲扼住的脖子还很热。托尼·赛吉再次扑向黑暗中的瘦弱身影。不知何故，超过"过路魔"身体极限的力气已经消失了，二人扭在一起的身体撞破了守住黑暗的房门，一切转眼间再次置于太阳之下。高桥塔子对着阳光眯起眼睛，几乎要闭上眼睛，但她挣扎着要睁开眼。

瞳孔收缩，阳光灼眼。眼睛被泪水濡湿。植物性的反应。各种各样的光粒子在高桥塔子的视网膜上跳舞。然而她还是不闭上眼睛。

⊕

从刚才起，我就和朝车站走来的女子对视。她走着，身后一片霓虹灯。不知何故，我的视线没办法从她身上挪开。她看着我，像是在观察，丝毫没有畏惧，也完全没把我放在眼里。

难得来新宿。我之所以离开六叠榻榻米大的房间来到这里，是因为大学同班同学约我喝上一杯。他们和我不同，混得好，擅长从不合适的事情上挪开视线，浑小子们出生于这个发达国家，能无风险地净捞到社会的特权；受过高质量的教育，从属于强有力的组织；吃着美味食物，住在好地方，被捧在手心里养大。嘿，没办法。这个时代的所谓人类，也就是这么回事。像我这种心头高，无从选择，只能受困于不值一提的天生条件、以生下来的样子活着的人，真是可悲的存在。

正因为这样，我极为珍视偶然得到的东西，也喜欢炫耀和没有志向的人的差异——不，即便不去炫耀，我也会在心里想：啊，幸亏我不像他们那样！好在不是那么丑陋、愚蠢、贫穷！以无聊得不值一提的比较来安慰自己，得过且过，姑且坚持下去，这种形态下人的存在就是这么一回事。

又和刚才的女子对视了。就要错身而过时，女子把视线从我身上移开，转向别人。说是女子，形容她为少女更适当吧。

不过，那样子看人可不行啊。

因为那样子看人，一定会引来坏事的。

我走过新宿ALTA商场前面，往伊势丹商场那边去。抵达混居大楼的八层居酒屋时，大家已聚齐，对我表示欢迎。他们不自觉地对弱者巧取豪夺，对我倒是挺好的。

"哎哟，田山，真的好久不见。没事了吧？"

在综合商社工作的男子坐在我身旁，替我斟上啤酒。这个人以前就对我很友善。也许他现在仍旧尽可能地保护身边人，迅速扩展"自己人"的范围吧。他是个温和、充满活力的人。

"不过，你瘦啦！"身边的女子说道。

真的？的确，大炼金也进入最后验证阶段了，有时废寝忘食，多少会瘦一点吧。

"我先收一下田山的份子钱吧，放在这里就行。"女子仍旧温柔。不过，温柔的她也会变成金子。大家都要变金子。变成金子。

"能变成金子吗？"

"对呀。"

女子在银行工作。不过我隐约记得,她应该是拼死拼活地工作到形容枯槁后辞职了吧?脑子不对劲吧。这群人为什么要有组织地剥削这个世界?我照她问的,解释了炼金术的过程。让原子核彼此融合,就生成别的元素,经常在幻想小说中登场的炼金术不是毫无缘由的。大家挺感兴趣地听我说。不过,我不说大炼金这件事情,因为这不能让他们提起兴趣。毕竟一旦脱口而出说了,也许就不能回头了。这是我必须决定的事情。我必须下决心了。

身边的男子说起了育儿经。花钱让孩子表面看起来很优秀,换来孩子成长。在有利的条件下,开始准备参与这场说不上是公正的竞争。当然,他并没有恶意。不,他是在履行自己应有的责任。孩子可能比自己优秀、可能比自己帅气、可能比自己善良,所以得尽可能在有限时间里、在有限的条件下培养他……不过,既然这样,为何不给他们取名字?传来了孩子的声音:"我很优秀啊,今后会变成一个大美人的呀。为什么我不得不到一半就结束人生呢?"**一半**?不,不对。**一半**?不,都说了不对!结论已定。没有什么一半,也没有什么结束。因为现在就是一切,一直如此。正因如此,我才选择了大炼金,我也不会去那一头的。反正来不及了,那好歹让我把真正的——

真正的?

我的脑子里一片喧嚣。人造灯光照射街市。我什么时候来到外面了?新宿的街市到了夜晚也亮晃晃的,让人心里不平静。男子向女子搭话,女子皱眉头。不,她是在笑吗?女子正看着我。总而言之,这里有很多人和大楼。这些一直存在于此的东西，都将燃尽，然后变成金子。

走到写字楼区，我抬头望向高处，楼群与天空相间，灯火通明。那窗户后的深处肯定藏有保险柜，收藏着重要的东西。大楼高耸入云，显得天空很窄。这种时间了，他们还在工作，不过我很清楚他们的去处。没错，我必须解释大炼金这件事，必须回去取那个烧杯，调整催化剂效果，加速核聚变，在铀之后便是钚、钇、锆、碘、氙、铯、镧、银、铂，然后是金。变成金。变成金。

第一形态体验装置
版本29.0.66tmkyj

姓名：Michel. Tayama
日期：2013.9.4
地点：日本东京
参数：自创
要素：自定

可以按这个条件持续吗？

Copyright 10122 Emosynk inc. All rights reserved.

⊕

当时，田山米歇尔对空中悬浮的太阳注视良久，天空中没有一丝云彩。在他视线的前方，配置于太阳近处的核聚变加速器开始启动，它内部的第一点火火花塞发火，装置内部的原子弹爆炸。这种炸弹过去曾在地面上沉默地肆虐，在整个装置里不过就只是第二点火火花塞而已。原子弹爆炸产生的能量，急速加热了作为核聚变燃料的氢同位素，达到一亿摄氏度以上。超高密度地维持这个温度达到一定时间，便能够满足核聚变开始的条件，即所谓劳森判据，原子核就开始融合。封闭在装置内部、无路可逃的高浓度能量进一步继续加热燃料。不久热环境满足"田山条件"，这时内部燃料分解为比原子小两个级别的单位——基本粒子。希格斯玻色子、光子、胶子、引力子，各种各样的基本粒子被固定起来，装入太空舱。

当时，田山米歇尔对空中悬浮的太阳注视良久，天空中没有一丝云彩。他本人也很清楚，视神经被烧灼，已经无法正常看东西了。以当时的医疗技术而言，这不过是小问题。单纯出于兴趣，盯着太阳看的人迄今有的是，那种冲动当然也被列为检查要点之一。

当然，田山米歇尔盯着太阳看也是极普通的行为。无论是托尼·赛吉和高桥塔子的竞争耐性，还是其结果产生的老套的爱情，令青年沦为"过路魔"的败北感，或是春日晴臣不起眼的保身本能，卡伦·卡森的空虚感，抑或是凯夏普·兹宾·卡利嗅到的地球气味，东戈·迪奥姆的孤独，只要站在对方那一侧换位思考，任谁都会觉得那很常见、没有意外性，是属于类型化的东西。想出一切模式，尝试经历所有并通过全部检查要点，最后终结了人生——这正是第二形态的人们生存的模样。人们尚未经历的，就是"终结"这件事了。

塞满了基本粒子的太空舱射入太阳时，田山米歇尔的视网膜被阳光烧灼，视野白花花一片，天空几乎充满了太阳光。地表温度迅速上升，超越了各种生物可生存的极限，大部分曾经的生物着火氧化，变成炭。地表陷落，毁灭的街市遗址和被埋入地里的保险柜等，被遗忘的东西纷纷露脸，一到各自的熔点，便断念似的与周围融合。

另一方面，太阳不满足于变成金子，它膨胀起来，开始吞下行星。由近及远，逐一咽下水星、金星、地球、火星，遂扩大至全太阳系。田山米歇尔在变成金子稍前醒悟死期将至，脑子也随之活跃起来。他一边想象所有曾经存在的生物，与可能性相同的物质一起被太阳吞噬，变成一块巨型金子，一边在空中抓挠着，仿佛想搂抱什么东西，却又像在挣扎。他的思考也因为周围太热而陷入一片混乱。在细微的感情喷发之中，田山米歇尔感到在一瞬之间触到了自己一生中都想要触碰的东西。从严格意义上说，大炼金之所以能获得认可，是因为有田山米歇尔这么一号人物；是因为全人类超越了一切形态，出于考量将来布局的需要；是因为人类历史进程中出现了像田山米歇尔这种基因突变般的存在，结果大大不同了；是因为尽管谁都理解这一点，也还是在此之上推进大炼金；是因为哪怕是身上一文不值的纠结，或是引起不信任的疏远感，抑或是多么丑陋愚蠢的心理活动，田山米歇尔的所有情感都被祝福着。将死之时，这样的思绪在田山米歇尔的未知之处引发了一片混乱，但不久也完全停止了。曾是田山米歇尔的身体、如今成了等离子状的各种块状物与其他东西相混合，与地球一起被太阳吞咽。这些东西历经不简单的过程，流淌，汇聚到一个地方，变成一块巨形的金。在自然现象中，这样的东西不会产生，可以说那是某人的意志曾存在其中的证明。

金块出现变化是很久之后的事了。有时候会有巨大的彗星自远方飞来，被主要由镁构成的巨岩一碰撞，金块便粉碎。因撞击而导致推进力被抵消，彗星也随之碎散，停留在那里。若干金子飞至遥远之处。在曾被称为太阳系的空间里，镁和金交相飞旋。那是那个空间里难得的大事件，当然后来也还在不断变化。比方说，会有某个极小的彗星在通过那个空间时，以奇迹般的概率不与任何物质发生撞击，这种"小偷彗星"会在路过时黏附大量金子逃之夭夭。诸如此类，不胜枚举。

嗯，以上是太阳的情况啦。

行星

标题：结论 2020
来自：Yozoh Uchigami 2014/4/7
发给：Dr. Frederick Carson

好几扇门被敲响了——位于东京代代木，施行先进医疗的综合医院，或是建于伊斯坦布尔壮丽寺院旁开始朽坏的公寓，抑或是位于加利福尼亚州圣何塞的大型风险企业的社长室。毫无疑问，这确实是契机，但对敲门人而言只是无意识行为。我们都希望由此引发的后续能往好的方向发展，而他或者她，仅仅是碰巧要敲门而已。当然，这纯粹是个比喻。实际上，用拳头砸门的大有人在，现在沟通手段发达，打个电话、发封电子邮件，用脸书或者推特发条消息也行。

事情就是从涂漆剥落的铁门被敲响那一刻开始的。在伊斯坦布尔靠欧洲一侧的旧市区，位于苏莱曼清真寺附近海拔稍高的小巷里，一名男子独自居住着。这里原本是三人同住的，但有一人忍受不了和阿巴斯·阿尔汉先生同住便离开了。剩下的一人把欠债强行推给阿尔汉先生，也走了。

阿尔汉先生正在独自重新研究教典。冷不防响起的敲门声的确震撼着他的耳膜，但他丝毫不觉得和自己有关系。与他相关的，是正确记载世界面貌的教典。实际上，这也是他写的词语解释。编纂这本书对他而言就像在发掘那消失了的远古记载，非常崇高。例如，关于"禁忌"，关于"统治""必须打倒的敌人""必须克服的弱点"，他要逐字逐句,小心读下去,并加以修改,不达至教义应有的面目,绝不罢手。

倔强的敲门声持续着,咒骂之声再次震荡耳膜,而他依然没有任何反应——假如对方知道他对教典如此专心,应该丝毫不会对此感到奇怪吧。对于阿巴斯·阿尔汉先生而言,刚才在脑子里反复吟诵的一个关于"王"的句子,是比这场现实的灾厄预兆要重要得多的。然而,那只是阿尔汉先生的看法,与门外的访问者没有关系。正在敲门的催债人,是透明人中的一个。为此,他的心中所想没有传递给阿尔汉先生。不过,尽管对方是一个透明人,但只要听见那声音,就能明白他的焦躁。男子的声音与敲门声一起在房间里回响。

"哎,大哥,你在吧?别白费劲躲起来了吧?你出来瞧瞧,钱确实不是你借的,不过啊,这里明明白白有张借据啊。哎,大哥,虽然'神'的确是禁止高利贷的,但也胜不过白纸黑字吧?到你的乡下,我也觉得麻烦啊。"

阿巴斯·阿尔汉先生正在阅读关于"王"的句子,突然抬起了头。这是因为催债人说出了"安拉"这个词语。如同在电影《回到未来》里,"鸡"这个词语会按下迈克尔·J.福克斯扮演的主人公的愤怒开关,阿尔汉先生对这个词语产生了激烈反应。无论是他过分地投入反对伊斯坦布尔申奥的运动以至于被头一位同住者厌恶,还是不出席弟弟的丧礼并因此被父亲逐出家门——都是因这个词语而起。他就像被透明的线引导着一般接近产生这个词语的源头。他打开坏了的门,催债人意外地看着他。

就这样,阿巴斯·阿尔汉先生的冒险开始了。与这场冒险有关联的另外一个人——在硅谷中央的、加利福尼亚州圣何塞开设了写字楼的斯坦利·瓦卡先生,他收到了一份邮件,是负责宣传活动的员工发来的。依照斯坦利·瓦卡先生的标准，要是这位出任副总裁一职的部下接下来再犯三次中等错误或一次大错，就要予以解雇。当然，斯坦利·瓦卡先生没有把这件事告诉其本人以及周围的人。

副总裁发来的邮件是关于日本的一家电视台申请采访的事宜。作为IT业界创新型的企业家，阿尔汉先生不断收到来自世界各地的采访申请。他几乎都是冷冰冰地拒绝，但偶尔也会没头没脑地接受一次。副总裁这次收到接受采访的指示，也并不特别吃惊。他已经习惯了斯坦利·瓦卡先生的独断专行，对他无从预料的言行完全没有反应。如此见怪不怪的无知，被瓦卡先生记为"小错"一次，当然副总裁对此并不知晓。

反而是申请采访的赤井里奈小姐对瓦卡先生接受采访感到吃惊。年初改组后开始的节目，将推进"由猫杓亭大眼鱼向大名鼎鼎的斯坦利·瓦卡先生提出新产品建议"这个企划，赤井里奈小姐作为节目助理，向斯坦利·瓦卡经营的Knopute公司发出了申请邮件。在深夜会议上提出这个策划的，是一位明显疲惫不堪的资深编导，但这个创意最早出自猫杓亭大眼鱼之口。其他成员也隐约记得猫杓亭大眼鱼的发言，毕竟在深夜昏昏然的脑海里，这个提议显得颇具魅力。

因Knopute公司答应接受采访而最感困惑的，是猫杓亭大眼鱼本人。

"我说什么就信什么，那可不行啊，我是信口开河的啦"，虽然他有这么句口头禅，但也几乎没人像他本人一样近乎偏执地专门去记自己说过的话。他全身心扑在搞笑艺人的工作上，认为那是自己的使命。正如短跑运动员会为了以秒计算的时间投入一生一样，他为了在有限的尺度中挖掘最大的笑料而磨炼技艺。然而，对这个冬天开始的节目，他没能挖掘出改良的余地，已然失去了热情。正当他考虑如何结束这个节目时，制片人却告知他要推进他当玩笑说出口的策划点子。尽管这是自己冠名的节目，但真的没必要在这艘即将沉没的船上磨磨蹭蹭的。制片人抑制不住成功邀请了世界著名企业家采访的兴奋，而这位艺人大咖却在私下暗自生气。

著名企业家斯坦利·瓦卡先生正在考虑负责宣传活动的副总裁的待遇。拥有左右他人命运的权力，这种快感对瓦卡先生而言，不过是与食欲、睡眠等相同的欲望。"权力具有恶魔般的魅力"之类的箴言，比不上"养生以远离成人病"或者"游手好闲有害身体"这样的警戒，无需天天搁在心上。斯坦利·瓦卡先生不再想自己的支配力问题，而是一边喝咖啡，一边回想副总裁的可爱之处。然后，他看了一眼转发来的电子邮件。在FYI（敬请参考）的开头之后，写着"日本最著名的喜剧演员说，希望向您提出新产品建议"。

Knopute公司还是头一次接受日本媒体的单独采访。瓦卡先生一边啜饮咖啡，一边斟酌采访概要。他心生一念：在采访中第一次公开"最棒产品"的信息，没准也是一种乐趣。连样机都未完成的"最棒产品"，至普及大众尚有相当时日，但将其诞生预告放在世界一流的日本媒体上试一下，将会如何呢——作为与迄今企业战略迥异的，像落叶静悄悄一般潜移默化的声明。

与猫杓亭大眼鱼的焦虑背道而驰的是，采访的准备正不断推进。他被制片人问及向斯坦利·瓦卡先生提议的具体内容时，以被称为"认真时的大眼鱼先生"的表情和声调说道："由团队来定吧。"他猫杓亭大眼鱼才不要为一条要沉的泥巴船费心劳力呢。

今天的邮件就写到这里吧，从一开始就来劲，啰啰唆唆写多了。

标题：结论 2020

来自：Yozoh Uchigami 2014/4/8

发给：Dr. Frederick Carson

好，接着写。

阿巴斯·阿尔汉先生或者斯坦利·瓦卡先生的活跃登场，已是多年前的事了。所以时至今日，丢下那些东西也没什么问题。

我现在要认真对付的，是长谷川保先生。他是我的患者，让我又爱又为难。护士刚刚来报告说他出了诊室就不回头，只是把自己关在多用途洗手间里。任何时候，在任何地点发生的任何事情，都可以变成、正在变成、或即将变成契机。但此刻，我必须叫唤长谷川保先生。我前往洗手间，用右手中指的第二关节叩击绿色门嵌着磨砂玻璃之下的地方两次。身为众议院议员的长谷川保先生是瞒着秘书来到我的医院的，但不知何故，他每次都将当天的行程告诉我。这也许是一种职业病吧。我作为精神科医生，用这种定义模糊的形容来解释属于自己专门领域内的症状也不太好，要是需做分类，不妨说那是由强迫性障碍引发的行为。

总而言之，我知道三十分钟之后，由他主持的会议就要开始了。进一步说，我还知道他三分钟之后会走出洗手间，然后若无其事地返回诊室，整理一下衣服之后跳上出租车，迟五分钟抵达会场。然而这次迟到会被解释为精明强干的政治家过于忙碌所致，反而因此提高了身价……可要是我不在这里喊他出来,这些都不会发生。我知道"不会发生的事"不会发生,而因为不知道除此之外会变成怎样,我感觉一连串事情其实都已经定下来了。所以,我继续敲门,尽管我不明白要不要敲、是不是我想要敲的。对我来说,世事就是如此。

我下午接诊了六名患者,写了处方笺,结束看病工作。傍晚有会议。我任职的十五层综合医院大楼,位于离大江户线新宿站徒步走七分钟的地方。一层至五层是各诊疗科,最上层为会议室等业务空间,以及VIP患者专用的特别病房。四层为医疗器械室,自六层往上是一般病房和康复训练中心。从我所在的五楼精神科搭乘电梯的只有我一个人。以前医院内到处笼罩着甲酚消毒液的气味,但现在已经不使用甲酚,取而代之的是酒精或者涂抹创口的碘系消毒液的气味。

电梯上升,超越了周围大楼的高度,视野一下子打开了,越过楼群的玻璃外墙可以看见明治神宫外苑的绿意,以及国立竞技场那若隐若现的的白色屋顶。

我走进会议室,里头只有三个人。医务会议有近二十名医生参与,参加者中,来自精神科的有我和六川恭子二人,其余是不同科室的医生,例如脑外科或者小儿科等。根据议题,也会有来自信息管理科等部门的参加者。会议是在下班之后开的,但几乎从未在预定时间开始过。事务职员已经来了,三人中有两位尚兼任不好伺候的科室主任医生的助手。最近调职来的职员伊村先生向进门的我以眼神致意,递上会议用的资料。

伊村先生暗地里瞧不起医院里的其他医生,认为他们不谙世故。然而他的言谈举止与此相反,显得毕恭毕敬。他之所以采取这样的态度,与他念小学、初中时是出名的神童,升入升学率非常高的有名高中，高考却名落孙山的经历有关。同级同学有三分之一考入医科大学，另外三分之一考入东京大学或者京都大学，再不济也会考入早稻田大学或者庆应义塾大学，他却一无所成，成了最下层的包尾。自那时起，考上医科大学的同级同学就成了他嫉妒的对象，而他之所以调职来这间经常向大学医院借调医生的医院，只能说是仍背着高考挫折的包袱。至于他这种卑微给家庭带来了不和，也是以后的事了，伊村本人此刻是无从得知的。所以我什么也没说，只是接过资料，乖乖就座。

离预定开始的时间尚有五分钟，人们纷纷到场。过了原定时间十五分钟后，会议终于开始了。作为理事会的通知，报告谈及本周预定的手术次数、病床占有率和周转率、预算执行状态、护士配置人数的正规化等。念报告的工作几乎都交给事务职员。各科的报告虽有责任医生的签字，但文件本身是由事务职员编写的。

我对念报告的声音充耳不闻，却试图与远在四千五百米外身处议员会馆的长谷川保先生的意识保持同步。他正在开会。这么一来，我将以我的同等强度与长谷川保先生的意识重叠，用他的视野观察事物、用他的肌肤感受空气。不过，他的意识和身体并不受我的意志左右，我仅仅是依附于他而已。他参加的会议似乎比我此刻出席的会议有趣一点。他被当局视为年轻有为的苗子，担任超党派工作组的引领者，研究未来削减医疗费必需的法令和施行的政策。在狭窄的会议室里，以四五十岁为主的成员盯着长谷川保先生，听他谈及医疗行政管理的根本性哲学。

"在今天的日本，当务之急是对医疗制度进行根本性的改革。"长谷川保先生的声音透出坚定的意志，与看病时相比，简直不是同一个人，"当然，我觉得没必要对在座的各位重申，只是若不改善这个国家的根基部分，我挑明了说，这个国家就站不住脚。为了不辜负前辈们的辛劳，也为了我们的下一代、下下一代不吃苦头，我不怕招惹误解，冒险也得说：为了留下一个能够追求幸福的环境，我们现在必须有所作为。"

接着，他谈到了自己的意见："也许不中听，但我们应该姑且优先性价比，找出有可能做到的极限。必须经营一套行得通的安全网系统，将之后可能发生的不幸最小化。若弄错这个次序，整条船就会沉没。磨不开情面、逃避问题实质，反而会增加不幸的分量。"

长谷川保先生小心谨慎地谈到这些内容。他措辞独特，但选择了作为政治家无懈可击的表述。

长谷川保先生能言善辩，就像切身体会过阿巴斯·阿尔汉先生教典中"语言"这则教义一般。根据阿巴斯·阿尔汉先生六年后前往东京前的记载，"语言"应该指"数学、语言、音乐，我们具备这三者的力量。这才是迈向最终结论的路标。尤其是语言，它发挥着至关重要的作用"。的确，如果不靠雄辩才能，既无地盘也无资金的长谷川保先生就无从当选了吧。顺带说一下，阿巴斯·阿尔汉教典的构成是这样的：即兴地列举并解释某些具体事物，例如清真寺或帕提农神庙，小说或电影，温水坐便器等。像"西西弗神话"这个条目是这样的：

"永久重复的声音，以及作为循环函数显现的神话。阿尔贝·加缪从神话获得启发，写出了同名随笔《关于徒劳》，但要是论及其与最终结论的关联，那充其量算是基础，应考虑的是突破口。突破口和最终结论的关联性。"

我觉得叙述上不那么亲切，也曾想帮他考虑一下要说的内容，但是在阿巴斯·阿尔汉先生看来，亲切感往往容易产生误导，因此尽量用生硬的方式就好。即使是在六年后的东京奥运会（注：二〇二〇年东京奥运会实际延迟至二〇二一年七月二十三日开幕，本书创作于二〇一四年）会场中，那是我和他在物理上最为接近的一次，我尝试向他指出教典的晦涩之处，他也没有要改变这种姿态的想法。正因为这种固执，阿巴斯·阿尔汉先生能够率先觉察斯坦利·瓦卡先生向社会推出"最棒产品"的危险性——算了，此事且打住吧。因为那是稍后的事情，所以现在先搁下不提。

我将焦点对准人生的此时此刻，对准了一家引进最先进设备、能够进行医保范围外的高难度治疗、名人患者甚多的特殊医院。这家机构承接着全世界享受最优渥待遇的人，采用以理事会委任的会议形式作为机构决策的一部分。我位于末席。议程被前定和谐式（注：在日本社会中，"前定和谐"一词被引申为"一切事物都依据预定情况发展，而结果也和人们的预期一致"的意思）地推进着。也许一切都显得消极，但没有建议的余地，一切都是选好的。我和六川恭子女士视线相对，她用眼神说：认真干吧。

尽管我没办法用语言表述到位，但我知道，这种状况形成了通往阿巴斯·阿尔汉先生所谓的最终结论之路的基础。

这是因为，我就是最终结论本身。

标题：结论 2020

来自：Yozoh Uchigami 2014/4/9

发给：Dr. Frederick Carson

"所以，不可以考虑任何事情啊。"

我写下这封邮件时，电脑桌对面坐着今天的第一名患者。他是所谓的"家里蹲"，没工作，也没有升学欲望，脑子里总是充满了强烈的情感。和暗恋的同班少女说过几句话，在游泳课外活动小组被排斥，嘟哝"倒不如死了更好"，逐步扩展为厌恶周围并衍生自我厌恶，萌生一种看不清未来的不安。隐伏着这样的心理，某种"确信"压倒了他的内心世界，那是一种在感觉统合失调症患者身上常见的确信：自己的想法必须在二十四小时内实现。与那种确信强度相比，他二十年间的经历和记忆，不过算是微不足道的噪声而已。

我听了一会儿他说话，斟酌了一下用药的搭配，写了处方笺，递给护士，这套营生方式好歹是至开药为止的。为了提高工作效率和质量，每一行都有所谓的"关键"。我在医学生时代曾于牛郎俱乐部打工，在客人离去之际及时说上某句话，说不定就会成为对方下次光顾的诱因。斯坦利·瓦卡先生经营IT企业、猫杓亭大眼鱼先生追求"笑"，他们在这些方面各有擅长，存在最优业务模式：狠抓关键、推进业务，若用前面的例子来说，就是可让全新的产品上市或引人发笑。若以我的工作为例，便是成功地将想自杀的人挽留在活着的状态。但是，这可以马上就判断为好事情吗？我变得不明白了。

为了守护那个被"死掉算了"的念头折磨而变成弱者的他或者她，该人所属的国家或者共同体就要倾其余力。我身为最终结论，因为知悉除透明人之外所有人的思想、他们过去与未来的经验，也几乎知悉人类过去经历过的一切，所以我也就可以尝试追踪各种各样的共同体是如何实施决策的了。像日本这种发达国家，每支撑一名精神病患者，世界就要付出莫大的成本。而为了将成本局限在这个国家里，这片土地上产生过许多欺骗和错误。我能够精细地感受到这一点，或许可以说是身为最终结论的悲哀之处吧。要是让阿巴斯·阿尔汉先生来说的话，恐怕他会说："不能背对全体人类，甚至不能背对被置于贫穷且凄惨的环境、体现出高度不幸的人。"那么，我该怎么办才好呢？也许，我应该在六年后的东京奥运会会场直接问一下阿巴斯·阿尔汉先生吧？

阿巴斯·阿尔汉先生从安纳托利亚东南部来到伊斯坦布尔，从我在诊室享用患者家人相赠的山菜红米饭的此刻算起，得往回数十多年了。直到两年前，他还是个正经上班族。他在辞去工作前便开始写教典，为了随时可读、可修改，会经常将书稿放在公事包里，随身携带。当初他不过是以此来消解工作上承受的压力，阿巴斯·阿尔汉先生的公司是属于所谓"海外开发"的类型，即为欧洲、美国、日本等地区分担部分开发业务。这种生意当然以发包方和承包方的国家之间存在工资差距才成立。因为卖点是成本低廉，所以往往是资源利用最大化的项目居多。若是有所拖延，哪怕说得客气一点，项目成员都会下场惨淡。经营者调整能力不足，项目成员被迫鲁莽地改变做法，剧烈繁重的工作导致人员掉队乃家常便饭。阿尔汉先生所属单位接下的项目，从日程表中期起就得连日通宵加班，即所谓"死亡竞赛"。

阿尔汉先生辞职前的数年间接手的尽是过于苛刻的项目，它们几乎都是来自老主顾Knopute公司的订单。Knopute公司的社长斯坦利·瓦卡先生在工作发包时，会附上一句"还是拜托找老熟人啦"，但就是这么一句话，就确定了阿巴斯·阿尔汉先生要踏上最短半年、长则一年的地狱之行。如果是阿巴斯·阿尔汉先生以外的人遭遇同样事情，别说完成计划，首先就会身心失调，比如像我这样的精神科医生就得给他写处方笺了。阿巴斯·阿尔汉先生则不会这样。他按照斯坦利·瓦卡先生要求的质量和追求，以天生的强韧精神和体力，连日通宵加班，解决返工作业，克服因成员不中用或掉队造成的人手不足困难，每次都能完成目标。

事实上，阿尔汉先生已成为斯坦利·瓦卡先生项目的专属业务承担者。在此过程中，阿尔汉先生终于看见了神的模样。在地狱般的工作环境、伙伴们的拖累和背叛、他自己的责任感等等因素的混杂交织之中，神的独特模样在他疲惫的心中显现了——对他来说，那就是启示。

标题：结论 2020

来自：Yozoh Uchigami　2014/7/23

发给：Dr. Frederick Carson

虽说距离上次发邮件已过了三个月，但弗里德里克·卡森先生还未曾读过我发去的邮件。这也不能全怪他的粗心，因为我的邮件被认定为是垃圾邮件自动分类了，这倒是挺麻烦的。然而，他是个连微小事情都要防着有被绊脚危险的人，因为考虑到邮箱错误归类邮件的可能性，他慎重起见，还是备份了垃圾邮件。往后日子还长，且看吧。

在上次的邮件里，我提及了访问阿巴斯·阿尔汉先生的契机，但如同他以看见神的身姿为契机辞去了工作一样，人接受事物的方式千差万别，各带着自己的动机。那么，在"最强的人"身上会怎样呢？例如决定抹去过去记忆的契机，对弗里德里克·卡森先生来说是什么事呢？是不是在他熟知记忆会催生倦怠或犹豫，决定设置记忆的保有期限以五年为最优的时候？

顺带说说我，我没有契机这回事。从出生的瞬间起，我就是"最终结论"了，哪怕是在我会说话前、只会哭那阵子——当然，到了今天，我身为"最终结论"的地位也没有改变。然而，我也不认识别的同类者，因此读了这些邮件，会对我的存在可能性存疑也是理所当然的吧。

总之，我此刻正和交情好的同事六川恭子医生一起吃午饭。我要了套餐，连碟子一起拿去女士的诊室。我吃的B套餐主菜是青椒肉丝，另有一小钵装着梨子和柿子各两片，还配了羊栖菜。既然是医院伙食，且不论味道或者卖相，尽可安心用餐。

今天，我将阿巴斯·阿尔汉先生的事当成我的患者说了一下，但恭子女士看起来不是很感兴趣抑或压根不想听。她一边用茶碗喝茶，一边稍稍上翻眼睛看我，问："我倒想知道你刚才输入了什么内容？"

我放下正在输入给弗里德里克·卡森先生的邮件的手机，掩饰地笑了笑，然后继续说阿巴斯·阿尔汉先生的事："那位先生很有行动力啊。他原先是个优秀的技术人员，也有领导能力。"

被茶水润湿的咽喉轻轻咕噜一下，恭子女士用眼神敦促我继续说。

"例如，对反对申办二〇二〇年奥运会的运动，他相当投入。"

"那挺遗憾的呀，他挺沮丧的吧？"

"嗯，为什么？会有这种结果不也是注定的吗？"

"啊，这是什么意思？"

"据他说，世事一切都已有定数了。而他似乎可以通过撰写教典，将其挖掘出来。"

"噢，确实也是。也就是说……"桌上的内线电话响了，仿佛专门打断她的话一样。我趁恭子女士通话期间环顾诊室。这里和我的房间结构完全相同，但按照她的喜好放了一张躺椅。因为这家医院不用自由联想疗法，所以躺椅纯粹是装饰而已。恭子女士的调侃口头禅是"不妨躺下试试"，我回应起来总是有点费劲。但是，恭子女士为人"透明"，与她沟通起来我总感觉新鲜。恭子女士放下电话之后，我们又继续聊了一会儿。我说起两天前被朋友邀去参加联谊会，认识了一名女子，恭子女士便做了个纯粹的听众。

说起来，六川恭子女士是我直接认识的人中唯一的一个透明人，但我没有办法证明这一点。怎样的人是透明人？我感觉完全没有规则可言。并不是什么优秀啦、美丽啦、有使命感之类的，我觉得，他们就单纯是个透明人而已。

所以，敲响阿巴斯·阿尔汉先生公寓门的讨债人也是个透明人，大概纯属偶然。

标题：结论 2020

来自：Yozoh Uchigami 2014/7/24

发给：Dr. Frederick Carson

  讨债男子所持借据的内容，阿巴斯·阿尔汉先生记得很清楚。因为他在应同住人的请求签名前，仔细阅读了借据的文字。他掰字酌句地阅读之时，想要确认这些文字所拥有的语言的力量。这些文字依据法律，内容解释受局限，但这种不能打动阿巴斯·阿尔汉先生的、没有气概的、流于一般的连串语言，对他而言都不能说是有力的。无论约定多高的利息，还写明了不可抗辩的连带责任保证，都不足以让人害怕。为了安抚恐慌的同住人，在这种程度的文件上签名，他根本不需犹豫。

  因此，讨债人以借据为借口，催逼还钱也是理所当然的。来讨债的男子在怀疑眼前人物精神是否正常的同时，还语带威胁地解释了阿巴斯·阿尔汉先生为何必须还清借债。

  "行啦，我明白了。"

  阿巴斯·阿尔汉先生爽快的话让讨债人的表情缓和下来。眼前的狂人终于认可了还债的义务，是因为他觉得，就还那么点钱也无妨吗？然而遗憾的是，阿巴斯·阿尔汉先生弄明白的，完全是另一回事。

  "那你爱怎么做就怎么做吧。就像你刚才说的，用混凝土固定我的双腿，沉到金角湾海中。或是把我杀了，将部分尸块给我父母送去，以及在我家人的工作单位或居处蹲点讨债。你可以随心所欲采取任意选项，尽管去做便是。"

然后阿巴斯·阿尔汉先生怎么样了？从结论而言，尽管他被打得遍体鳞伤，但没有像在公寓前被警告的那样遭到杀害，而是被押上一辆丰田RAV4汽车，带往黑手党的办事处。为了以符合他的性格的方法收回款项，对方在询问阿巴斯·阿尔汉先生的工作履历后，将他送往系统开发公司。他丝毫没有屈服于威吓，反而觉得这是教典语言的胜利。而讽刺的是，这次再就业就意味着他要回归地狱，那曾是他看见神的契机。也就是说，他将再次肩负起来自斯坦利·瓦卡先生的无理要求。

我今天也造访了六川恭子女士的房间。我对女士说了一下斯坦利·瓦卡先生向阿巴斯·阿尔汉先生提出的无理要求。在斯坦利·瓦卡先生的脑子里，虽说构想也尚未完全固定下来，但他私下还是为秘密制作"最棒产品"样机进行了试错实验。

斯坦利·瓦卡先生要向世人推出终极产品，这一野心始于他天生的支配欲。小时候不稳定的家庭环境影响了他欲求的自然满足程度，为了方便自己表露个性，他每次都会先入为主地说"这是为了大家"。希求终极的心情随着年岁增长变得尖锐，现在Knopute公司拿出了许多利润投入到"最棒产品"的开发之中。对六川恭子女士提起这件事时，我采取了"这是一个难缠患者的妄想"的说法。正因为这样，恭子女士就像听一个患者的故事那样，只在适当时候附和一下。

斯坦利·瓦卡先生在Knopute公司位于圣何塞的总部接受了日本女子的采访。他盘算着日本人爱听的话对答，令谈吐间交织着理智型的骄傲自大和直爽。其实他按捺住大讲一番"最棒产品"的欲望，享受着拐弯抹角的快感呢。他想象着，当日本女子讨好地转达日本娱乐巨星的平庸建议时，自己就说"这个建议确实很有意思啊，不过我有了一个更妙的主意。例如……"，这么一来会怎样呢？人家会说"怪人斯坦利·瓦卡终于疯了"吗？或者像迄今那样，被解释为为下一个产品的狂热吹捧做铺垫，是一种一流的市场营销手法？

如今Knopute公司被视为信息产业龙头，是因为他率先将智能手机和平板电脑批量推向社会，使之普及。然而他另立公司，秘密开发的"最棒产品"并不是单纯的移动设备。他的目标是将能毫厘不差地感知现实的"五感"直接送入大脑，现正如火如荼地推进其基础开发。不仅如此，他还准备把自动补充水分、营养，以及处理排泄物的组合技术应用在护理装置中。那么一来，人在与"最棒产品"连接期间，便可以将现实世界完全封杀，沉溺于装置所制造的刺激之中。斯坦利·瓦卡先生梦想将人们连接至"最棒产品"的脑波网络化，进行一元化管理。这种产品，一旦与之连接，在解除连接之前可以什么都不做，如果感兴趣，人甚至可以连着过日子，直至寿命终结。但在一段时间内，产品本身仍需要在外面进行管理的人，而且还必须积累应对特殊情况的技术策略。不过，如果这种设备能够完全自动化地维持生命，甚至能自动处理意外事件，全世界的人迟早会成为这种产品的俘虏。一旦连接，便可以使全世界拥有同一个梦了吧？

"您一定有一个让人大吃一惊的构想。您是否能给我们一点新产品的暗示呢？哪怕一点点也行。"

女采访者倾身向前，等待回答。斯坦利·瓦卡先生报以温和的笑容，就像四年后他最后面对朋友弗里德里克·卡森先生时一样。

"很抱歉，还要稍微保密一下呢。"

标题：结论 2020
来自：Yozoh Uchigami 2014/7/25
发给：Dr. Frederick Carson

"稍微保密一下呢"是我在男公关俱乐部工作时经常使用的台词之一。我身为最终结论，因为知悉除透明人之外所有人的思想、他们过去与未来的经验，也几乎知悉人类过去经历的一切。所以，哪位女子将成为我的顾客，我都很清楚，甚至连她们的年龄、各异的性格，谁与周围的人合不来，谁又抛弃不了不切实际的期待，以为只适合自己的理想世界和异性在远方某处——我都一清二楚。她们拥有某种少女情怀，其实是共通的。我当时招呼着这类顾客，满足于业绩增长。

"你说的，我能懂呢。那样的……最后结果？我也有那种感觉啊。挺无聊的吧？大概也能想象得出从此往后的事。"顾客中也有人赞同我的话，或者看作一种笑话，觉得有趣。

"是最终结论。嗯，说是'最后结果'也可以吧。"我笑着说，"不过，正因为知晓了一切，每件事才显得更加重要。在某种意义上，因为大局已定，所以让人忍不住想：还能有多少是未知的，由此能享受的过程还有哪些呢？当变成和我差不多程度时，已经没什么关系了。所以嘛，有香子小姐——"

"嗯？"

"你刚才能为我买这瓶酒，我真的太高兴了。"

我的外表并没有多优越，但因为持有身为最终结论的能力，业绩自然不错。武藏先生是牛郎俱乐部的经营者，我当初被他当成宝贝和激发其他员工的榜样，后来却让他望而生畏。武藏先生的本名"武田总一郎"略带古风。他对自己的能力，尤其是突破能力很有自信，一个劲地给自己定下高标准，以超越这些标准为乐。

"无论局面多么难收拾，老子自有办法搞定"——这是他的人生观，也是令他自豪之处。在附近最有人气的同业店铺对面开一家新店，与其说是自尊心作祟，不如说那是他自我满足行为的一环。我之所以让他感受到威胁，只能说是因为我伤了他的骄傲。以他的标准来看，容貌等级、聊天技巧、招待水平、气场——这些方面无一特别出色的我却业绩过人，是一件难以理解的事情。以至于日后，他甚至怀疑"说不定这家伙天赋过人，已拥有比自己还优越的应酬能力"。

想和身为最终结论的我在这一点上一决胜负，可不是明智之举。然而，嘿，他不明白内情，这也难怪。因为不忍心在人家地盘搞事，我就悄悄地换了工作。这回是在赤羽的牛郎俱乐部，我找出隐藏在众多女子中的"少女"，使本人有所醒悟，于是结交，共同喟叹诗与远方。我同时以此赚取指定由我服务的报酬，在应付三餐的同时，也能满足医科大学的学费。与顾客的这种交往，基本上只限于在店里，不过，在赤羽工作期间，我曾与一人有过深交。

此刻正值我问诊期间，她打来了电话。桌上的智能手机振动着，显示出那个令人想念的名字。

她喜欢看电影。结交时，她二十七岁，现在已是三十八岁。我从牛郎俱乐部下班后，就去她房间泡着、学习，很多时候会直接从她家去学校或者店里。她是广告公司的派遣员工，晚上还在卡巴莱式俱乐部上班。她睡眠时间很短，却奇迹般拥有好皮肤，但这终究会在某天逝去的事实，又令人十分伤感。

"哎，用藏……"当时她卸了妆，戴着一副厚厚的眼镜喊我。我在她身边，只支吾一声表示我在听。

"这个挺像你的呀。"她有点唐突地说。我知道，她说的"这个"，是指在电影DVD里出现的行星。不，严格来说，是指那片覆盖"索拉里斯星（注：波兰作家斯坦尼斯拉夫·莱姆创作的科幻小说，一九七二年被改编为电影，由前苏联导演安德烈·塔可夫斯基执导）"、涵盖单细胞生物和多细胞生物的生存环境、稳定且永生永存的大海。

电影画面的显像在她的眼镜镜片上反射、闪亮。这部电影的原作小说里提出了一种学说，作者把覆盖索拉里斯星的大海当成了一个巨大的脑子，然而人类无法知道这个巨脑正在想什么。喜欢电影的她并没有读过原作，却从安德烈·塔可夫斯基的电影里感受到这一启示，还能说出我们有相似之处。仿佛巨脑的生物明白一切，却仍继续装作一无所知。

"只有你的设定和规则不同呀。"

她这么说着，已经预想到要和我分手了。她被观念陈旧的父母催婚，同时又有三名男子示爱，便意识到自己的婚期已到。好歹是十一年前的事啊。表面上她挺抗拒母亲的，但身上也有照父母期待走人生路的毛病。

再见吧，索拉里斯星！我必须返回地球啦——她在脑子里嘀咕，没有出声。

她时隔十一年打电话给我。她手拿旧式翻盖手机，对我是否仍在用这个号码感到半信半疑。过午，她的两个儿子都在附近小学上第五节课。刚刚继承了家族企业的丈夫，正在用心阅读如何进行设备投资能削减运行成本的资料。她不知从何时起便无法惦记不在自己身边的他们，而是想起了在遥远记忆中被美化了的我——没准自己真正爱过的，只有内上用藏？自己是不是选择错了？

她预备好此刻可以说出真心话，若我接听这个电话就打算说。但是，即便我接听了，她也说不明白吧。因为她也知道，事到如今，也不能挽回什么了。

振动停止了，屏幕转暗。每次响铃激起的兴奋多少仍在。我好一会儿都没能叫下一位患者，而是假装在写东西。

标题：结论 2020

来自：Yozoh Uchigami 2014/7/26

发给：Dr. Frederick Carson

  录制"由猫杓亭大眼鱼向大名鼎鼎的斯坦利·瓦卡先生提出新产品建议"的演播室与我所在的医院直线距离两公里。因为我们是离得最近的综合医院，所以演播室出现的病人、伤者，几乎都会运来我们这里。

  赤井里奈是猫杓亭大眼鱼节目组的成员之一，她是联系斯坦利·瓦卡先生经营的Knopute公司的沟通窗口。她也曾被运送来本医院，那一次，她在女歌手的现场活动当引导员时受了伤（那位女歌手在奇特时尚和电音方面引人注目）。住院治疗的她才进入公司一年多，但已开始对工作失望。她被分配到娱乐部门，而不是她向往的新闻报道部门。她听资深员工说，能调往喜欢的部门可能性不大，因此也失去了对前景的展望。曾在国外生活过一段时间的她，因不信任社会结构而产生了莫名不安，也萌生了只能跳槽，要跳槽的话就越早越好的念头。

  然而，之后大约过了三年，赤井里奈此刻正好结束了Knopute公司的采访，正指示摄影师撤走，她已将那种烦闷忘记得一干二净了。她看着伙伴们收拾器材时，一旁的斯坦利·瓦卡先生向她搭话。在电视台的工作人员之中，能说英语的就只有担任采访者的女艺人和她而已。

  "我悄悄和你说吧。"

居然可以从斯坦利·瓦卡先生的话里获得新产品信息？赤井里奈回应了，配合着一副特权阶层子女就读美国高中后培养出来的周全笑容。这时，她已经在日本单位里度过了新人期，束缚也渐渐消失。曾经逼得她停止思考的压力，如今转移到更新的员工和外包公司上面，也就是说，转嫁到更弱的一方身上了。她那时的笑容，触动了斯坦利·瓦卡先生的心弦。想来，真正重要的事情，都是这样在偶然间说出来的。

"不准记录呀。"斯坦利·瓦卡先生一说，赤井里奈动作夸张地环顾周围，示意没有人注意二人的谈话。斯坦利·瓦卡先生回以亲切的笑容。赤井里奈小声说："您请说，别担心。我会把话封进小心脏里的。"

听到"最棒产品"这个名字，你们究竟会怎么想呢？所谓至高无上的"最棒产品"，真的会存在吗？将这种产品弄到手之后，我们就不需要别的东西了，名副其实的，我们有它就能活下去。然而，人类可以完全满足于某个产品，一直靠它活下去吗？假若已经获得至高无上的满足感，那也许意味着终结。为人们带来完美的满足感，之后的人生便成了虚度光阴的余生，我可不想制造这样的东西，那应该也不是人们期待的。你们是向前看的，总会追求尚未完善的、感觉可以向前延展的东西。也就是说，给予人们最高满足感的东西，并不是"最棒产品"。相反的，"最棒产品"必须是永远无限制地向人们展示未完成状态的东西。

CPU给我们创造出充满可持续发展特性的梦想，显示器将电脑制造的世界传达到人的视觉，以前，它巨大得不能随身携带。无色的灰色显像管只是呈现绿色的命令行。而如今，任何人身边都带着高保真、高清晰度的"显示器"。对了，你正在使用的，由本公司出品的

KnowPhone就是这种东西。现阶段，人们必须看着画面才能访问由小电脑创造的世界，靠键盘或者不成熟的声音识别功能输入文字信息。然而，那种迟缓的媒介迟早会被淘汰。输入输出的装置被最小化，使用者的脑波与CPU创造的世界几乎可以直接连通。而"最棒产品"也将添加输送营养素的机能，营养素可维持处于接续状态的生命活动。极端地说，人都没必要在现实世界活下去了。这些最初大概只会被认为是少数好事之徒的狂热崇拜游戏吧。然而，变化虽如海滨被侵蚀般缓慢，但也在真实地发生着。

看着赤井里奈小姐困惑的表情，斯坦利·瓦卡先生觉得她大概将自己的话当成异想天开的科幻小说来理解了。他为此感到很愉快，同时在想别的事情。"最棒产品"将实现——以人们消耗的卡路里为首的能源，和这颗行星可恒常提供的资源，都将处于完全均衡的状态。如果在这种均衡之下，由人的意志产生的一切微小变化能够继续下去，岂不是可以在取得和谐的基础上再次构成一个新世界？他产生了错觉，仿佛他所知的、由"最棒产品"带来的世界，已经经历过好几次终结和开始。

"哎，直白地说，就是类似《黑客帝国》那样的，你看过吗？就是那个'向后弯'的姿势。可能还有其他相似的东西，但主要就是那样了。只是，那个世界不是被他人支配的，而是仅追求成本效益，就会变成那样。哈哈。"斯坦利·瓦卡对赤井里奈笑着说道，但未等她回应，便突然转身。他离去时仍兴奋地继续思考：假如期望实现人人均等、公平地分配幸福，那就理应进行自己这种程度的激进改革吧？包括自己在内的，居住在富裕国家里的其他肥猪的烦恼本身，以及陈腐的主张本身，不过是单纯的任性而已。让被屎堵塞般烦恼的头脑运作起来的卡路里和时间，也得依靠可怜的某人提供血液的。所以，没错，我们必须转移到新的世界。而我，能够制造"最棒产品"。喂，你们手中的智能手机，不过是为了完成"最棒产品"的踏板而已啦。没关系，你们身上的所有要素，都可在新世界里得到平等公正且正确的爱护。

恶魔：破坏和谐的东西。拥有前往象征界的宽宏脑回路，将之卸于现实世界的同时，又以将之扭曲为乐。好听的不和谐音。掩盖误用的接续词。基于胡乱定义的证明。虚假的最终结论。

当斯坦利·瓦卡先生接受采访时，阿巴斯·阿尔汉先生正在编程，而不是编写教典。对于有生意头脑、擅长回收借贷的黑手党来说，将他绑上水泥块、沉入水底也好，变成尸体送给他父母也罢，都无所谓，但收不回钱的话就没有意义了。假如这些恐吓手段有效，无论多少次都要试试看——只是这种被逐出家门、痴迷于写教典的男人，又会动摇多少分呢？肯定会一无所获。说来说去就是他那条轻贱的命救了他，这种冷嘲也并非毫无道理。

优秀的黑手党也兼任职业协调人。利益至上的他们看中了阿巴斯·阿尔汉先生的编程能力和开发软件的现场指挥能力。黑手党把他送到自己当股东的软件开发公司，让他做难度高、交货期短的工作；扣押大部分收益和他可怜的工资，使其生活只来回于黑手党安排的一居室套房和工作场所之间。阿巴斯·阿尔汉先生白天审读设计书和确认开发步骤，代替退职或被淘汰的人工作。回到房间，他就对着笔记本，反复推敲教典。阿巴斯·阿尔汉先生的右手中指多次长出茧子又被磨破，他的信仰之心却同样坚定不移、牢不可破。那些没有选择余地的日子，他是在莫大的喜悦中度过的。昨天和今天的区别日益变得模糊，尤其是关于"时间"的这则教义，阿巴斯·阿尔汉先生已多次写了又删，不确定的内容似乎一直在他的头脑里周游。他考虑时间，考虑那种思考的密度与时间的关系。他也有什么都不去想、真正抛弃杂念的瞬间，他也把那时的感觉写入教典，但最终转念觉得是错的，便删去了。

有一天，他发现一个音调，与自己负责的系统开发项目有共通之处。他凭借直觉认为那些项目是由某人策划的，用以构成一个系统的要素。他感觉那是一个他想称之为"傲慢"的基于强力意志而建成的系统。阿巴斯·阿尔汉先生能将个别的项目联结起来，想象出这个系统的整体面貌。

也就是说，阿巴斯·阿尔汉先生幻视了斯坦利·瓦卡先生的"最棒产品"的成品模样。

斯坦利·瓦卡先生为了秘密推进开发，不使用惯常的发包途径，而是将各个工程外包，不过承包了这些工程的美国企业再次外包，最终这些工作再隔了一个公司，又转回到阿巴斯·阿尔汉先生手里。阿巴斯·阿尔汉先生悟到了源于发包者斯坦利·瓦卡先生构想本身的邪恶，想起了教典中"恶魔"的一节。平静持续、令人恍惚的日子突然起了波澜。

"混蛋恶魔！"阿巴斯·阿尔汉先生嘀咕道。既已发现它的存在，自己就不能置之不理。在"须打倒之敌"的条目里，的确包含着"恶魔"这个词。

而抵达的终点则是东京奥运会、有圣火的体育场、梦之岛以及惨案。要讲的事情有很多，不过除了身为最终结论的我之外，谁也不知道这些。

标题：结论 2020

来自：Yozoh Uchigami 2014/7/27

发给：Dr. Frederick Carson

  我身为最终结论这件事，也难说好坏，只是一个事实。但让喜欢电影的前任女友来说的话，我的人品就好比索拉里斯星。

  "只有你的设定和规则不同呀。"

  "当然啦，世界观各不一样嘛。彼此慢慢交流融合，这才是人与人的交往吧？"

  当时，我的确想把这当成是很普通的分手。她什么也没说，只是凝视我的眼睛一小会儿后，压低视线，想着虚构的远方行星。被思考的海洋包围着，既活着又放弃了活着，仿佛行星本身的生命体。无论是生命的最终形态，还是由单纯有机物组成的凝胶状物体，正因为是虚构的，所以才各有说法。然而，反正行星就在那里，没准正它在考虑着什么呢。

  不必她来指出，许多人只是待在我身边就会感觉不协调、不在状态。通常的人不会像我一样，明白他人想过什么，正在想什么，会想什么，也不明白这种累积引发过什么，正在引发什么，将会引发什么。迄今为止除了透明人，我已经窥看过相当一些人的内部，但没有一个人和我一样。我把握不了的透明人，可能与我处于相同状态？我曾突感寂寥。每当这种时候，我就想向某个人披露一下我所处的状态。

"坦率地说，我理解不了你说的事情。"

身为"最强之人"的弗里德里克·卡森先生——也就是你，听了我的话，单手拿着鸡尾酒杯，耸了耸肩。这是在距今四年后的二〇一八年七月二十四日，即为东京奥运会召集的医疗队举行欢迎晚会上的事情。

在晚会前国立传染病研究所的说明会上，进行了有关一般输入传染病病例的动态，以及应对有意散布病原体的监视系统的报告，将启动追踪病例的网络系统。网络汇报将添加进日常工作业务中，我和恭子女士在站立式自助餐上互相推让，这时弗里德里克·卡森先生夹杂着几个日语词，对我身边的她搭话了。

因第三位妻子离去而独身的弗里德里克·卡森先生太缺女人了，而六川恭子女士属于他喜欢的类型。然而遗憾的是，一番泛泛而谈之后，恭子女士就被熟人扯到其他桌子去了。我拉住意犹未尽、没了兴头的弗里德里克·卡森先生，想再聊一会儿。

弗里德里克·卡森先生是美国东海岸的国立研究所的顾问，被视为环境生物学的世界权威人物。他年轻时的著作《铁与法、坐标与温度》使他一举成名。即便在身为最终结论的我看来，这本名著虽有瑕疵，但大致上是正确的，果然后来使之成了最强之人。

个性率直且擅长社交的弗里德里克·卡森先生本人不爱炫耀名声，在这位先生的面前——也就是你的面前，我尝试具体列举大作的内容并予以赞扬。例如关于人口上限比例受制于国家体制，运用技术能力和法制完备的观点，力证其相关比例系数的正确性这一点。你在著作中写道，将一国的技术水平和法制完备程度进行关联并推算，以此划分各国的等级，其中位于A级的国家和地区，在执笔当时你指出中央集权国家人口上限为一亿二千万，联邦制国家为三亿六千万，这一比例通常为一比三。

这一推论在修辞手法上相当克制，但从结论而言是正确的。所以，我在微醺间向弗里德里克·卡森先生表达了这一观点。

你对于他人的阿谀奉承和不着边际的批评已经司空见惯，虽然一个小小的精神科医生采取了不偏不倚的立场，让你感到很意外，但你依然不动声色，喝了一口鸡尾酒，只是谦恭有礼地说："你说得颇有自信呢，这也是我想学习的地方啊。"

然而，对话持续之中，你开始对我断定式的说法感到不快。这小子是怎么回事？说事情的时候好像都已经有了定论，而且好像就他一个人知道似的？

事实本就如此，但你对我不甚了解，认为我是一个脑子奇特的麻烦对手。因为你还要花很多时间才能对我的本质有所了解，所以此时此刻的我们，不妨像一般人常有的那样吹吹牛、斗斗嘴就好了。所以，我就这么说道：

"我呀，感觉似乎明白了。"

"呵呵。你'明白'了什么呢？"

"嗯，就是明白了类似结论这种东西啊……我觉得自己好像明白了，所有事情从结论而言的模样。"

"不错，没准跟禅的精神相通呢。"

"也许吧。我冒昧问一下，博士对禅有兴趣吗？"

"我朋友中有人对禅乐此不疲。"

这个友人指的就是斯坦利·瓦卡先生。倒不如说，能被弗里德里克·卡森先生称为"朋友"的，别无他人。

从现在到四年后的那时，我给他发送了多封邮件，但弗里德里克·卡森先生一封都还没点开过。初次相见的这一天，我们彼此聊得不甚投机，我婉转地给予暗示，但他最终都没打算从归入垃圾邮件的夹子里取出这封邮件。由于我是最终结论，原本就容易被人认为身在此位会不会过于卑鄙无耻。所以我就像这般有点苦口婆心地事前告知他，尽量做到彻底公平。尽管如此，弗里德里克·卡森先生也全不在乎我的顾虑，潇洒地结束了我们的交谈，转移到其他人群，继续晚会式的客套话。让我头疼的患者之一——长谷川保众议院议员，就是在此时与他相识。

最强之人弗里德里克·卡森先生总是平行地，同时考虑着多个问题。他一边接受长谷川保先生表示的仰慕之意，考虑如何回复，一边让思绪飘往和怪医生的对话，与此同时，视野的一角还捕捉到恭子女士被工作服包裹的臀部，以及想起了数年前离婚的妻子，等等。众多想法之中占最大比重的，是"在日期间，无论如何都要与日本女子发生关系"的愿望。他一边在脑海里激荡多个念头，一边物色合适的女子。作为结果，他最终在这个场合成功地找到了伙伴。对方也在寻找男人。二人彼此如愿以偿，当晚酣畅淋漓了一番。在弗里德里克·卡森先生因二〇二〇年东京奥运相关事宜定期访日时，二人也保持着这种关系。若他夙愿未偿，而是独自熬过寂寞之夜，没准他会想起我特意制造的聊天机会，并调出这份邮件来看吧。

假如事情如这般发展，那么身为最强之人的你和身为最终结论的我的"最后对话"，可能会改变方向。嘿，事到如今，也无从说起了。

标题：结论 2020

来自：Yozoh Uchigami 2014/7/28

发给：Dr. Frederick Carson

　　阿巴斯·阿尔汉先生在之后两年内还完了借款，但为了抓住这些源于恶魔意志的项目的出处，他继续工作。他在业务间隙推进调查，打算调查出现在作业要求文件上的发包方Emosynk公司，但查不到什么信息。D&B公司是专门给全世界企业颁发规程的，据这家公司的资料数据，可以得知Emosynk公司的总部在加利福尼亚州圣何塞、法人代表是弗里德里克·卡森先生等信息，但销售额和具体业务等一切情况都不公开。

　　阿巴斯·阿尔汉先生也用谷歌搜索了弗里德里克·卡森先生本人。维基百科用七千字介绍了他，他给人一种典型的知识精英的印象。但阿巴斯·阿尔汉先生怀疑他伪造了经历，用以巧妙掩盖制造那不祥系统的动机，而那个系统正是他利用自己开发的。或者说，辉煌的经历作为一种厌倦的表现，本身就是他的动机？阿巴斯·阿尔汉先生网购了弗里德里克·卡森的著作，收到后便从头读起，没想到更加印证了自己对他的直觉。

　　然而，假如要保持公正，将这个时候的弗里德里克·卡森先生称为"恶魔"并不恰当，因为他还没参与到斯坦利·瓦卡先生秘密组织的Emosynk公司中去。即使受朋友之托、答应只借出名字的时候，他也只是想"斯坦利又要弄莫名其妙的事情了",没多久就完全把这件事抛诸脑后。他在年轻时是十分爱惜羽毛的,但在评价稳定之后,就积极参与出现在眼前的任何东西了。对他而言,这不过是可以轻易允诺的受托事情之一。

弗里德里克·卡森先生根本不知道跟踪者的存在。二〇一八年,他在晚会上认识了一名已婚女子,之后借口参与与东京奥运会有关的工作,和对方定期在东京幽会。有人在维基百科添加了内容:"他对日友好,为东京奥运会的准备体制做了很大贡献。"阿巴斯·阿尔汉先生读到这些信息,觉得在异国他乡的东京比在美国更容易捕捉到目标。据他在互联网上查到的信息,弗里德里克·卡森只在几个国立研究机构有顾问头衔,并没有常驻的单位。事实上,弗里德里克·卡森那时已经不需要工资收入了,而且他在美国西海岸和东海岸、夏威夷的住处都很隐蔽,因此阿巴斯·阿尔汉的方向是对的。

阿巴斯·阿尔汉先生是杰出的技术人才,他只需浏览一下各成员正在制作的规程和资料,就能把握项目的进展情况,然后迅速而准确地下达指示。在他还清借贷之后,黑手党已经离开,但公司仍不放他,因此出国资金也顺利筹集到手了。

顺便提一下,当阿巴斯·阿尔汉先生从伊斯坦布尔阿塔图尔克机场起飞时,严格来说,理应是他对手的斯坦利·瓦卡先生已从世上消失了。

标题：结论 2020
来自：Yozoh Uchigami 2014/7/29
发给：Dr. Frederick Carson

在昨天的邮件里传达阿巴斯·阿尔汉先生的动向时，一不留神就说了数年后的事情。没准是我的最终结论性质有点儿厌烦了？不过，即便是遥远未来的事情，我也必须开始说说了。

弗里德里克·卡森先生要和我讨论"治疗上的攻与守"，那是距今挺远的将来，"最后对话"时的事情。在东京奥运会开幕整整两年之前举行的晚会上，也就是我们初次见面那时，我就想说这件事了，但他心神不定、意在寻欢，我便打住不说，端起了装着蓝色珊瑚礁的鸡尾酒杯应付。自那以后，经历了漫长的时间，由于"最后对话"即将到来，我追究弗里德里克·卡森先生将斯坦利·瓦卡先生逼至自杀的罪状，使他产生了动摇。然而那紧皱双眉的样子仅是表面上的，在他内心里，几乎只是掀起了允许误差范围内的微小慌乱而已。

说来，我在"最后对话"时，手上也端着和他初次见面时饮用的蓝色珊瑚礁鸡尾酒。这事挺不可思议的，我并没有很喜欢鸡尾酒。也许弗里德里克·卡森先生身上有一种引力，可诱导出他人秘而不宣的部分。说是能力，显得太邪乎，可要说是魅力，还是缺点姿色吧。

假如简单地给精神科医生评胜败，那么最失败的情况莫过于患者自杀了。为了令患者在不使用药物干预的状态下康复，即"取胜"，是优先选取确保"不败"的治疗方针，还是使用"更快痊愈"的进攻型治疗方针呢？失败了，就没有下一次机会了，因此很难不倒向"保守治疗为宜"。组合式使用异戊巴比妥（注：商品名为阿米妥，对中枢神经系统有抑制作用，因剂量不同而表现出镇静、催眠、抗惊厥等不同作用）、碳酸锂片（注：碳酸锂片，主要治疗躁狂症，对躁狂和抑郁交替发作的双相情感性精神障碍有很好的治疗和预防复发作用，对反复发作的抑郁症也有预防发作的作用）、溴西泮之类的药物，若能使患者以模糊意识处于生物学上的"活着"状态，那么至少能在药物奏效期间保证"不败"。但是，有的病情会在药物摄取量迅速增长之中发展至不可挽回的地步，最终结果也可能会失败。斯坦利·瓦卡先生可能也是那种倾向的受害者之一。

也许是因为斯坦利·瓦卡先生拥有权力和许多资产，他自己估摸着服用一些应付性的药物，对病情的恶化毫不在乎。他投身其中的生意好得离谱，他认为那是自己的天职。他只要看一眼部下们提交的报告邮件，就能对他们的人生期望和极限了如指掌。他也曾想，自己将这个公司发展成"信息产业龙头"，说不定就是为了能一手抓住他们的人生故事。人们的认识或情感将毫无保留地可视化、被一手掌握。首先需要为许多人提供高性能的移动设备。既然人们能通过不断窥看智能手机小小的画面，为思想、感情的一致感到兴奋，想必他们已经本能地为此做好了准备。假如把他们都归拢起来与"最棒产品"连接，或许他们就能明白弗里德里克·卡森先生真正期待着什么——弗里德里克·卡森先生如此存在的理由，不觉得任何人可怜的理由，弗里德里克·卡森先生不明白的人类存在的理由。

必须不顾一切脱身于当下的强迫观念，总是追逼着斯坦利·瓦卡先生。

"总而言之，你的心思太细腻了。"斯坦利·瓦卡先生最后见的，是朋友弗里德里克·卡森先生。这阵子，斯坦利·瓦卡在业务上保持着堪称"天才""鬼才"的形象，但一下班回到房间，他就无心做任何事情，只是服药便一直睡。在此之间，他偶然想起：虽然时隔许久，但不如见一下弗里德里克·卡森先生吧？他打算说说前些日子刚刚完成的"最棒产品"样机。他想，这就像逐步升级的胆小鬼博弈（**注：是博弈论中一个影响深远的模型，双方相互轮流示弱才能获得最优结果，强调合作**）的高潮部分——彼此醒悟，为各自的滑稽模样爆笑一样。如果二人能够笑着收场就好了。

"斯坦利啊，这可不是游戏了。往后就不再是对胜者的赞扬，而只是对糊涂虫的嘲笑啦。"

二人是拥有相似世界观的朋友，共同点也颇多，不妨视之为同类。可要我说的话，二人有着决定性的不同。即便想法一样，在落实到行动中时，二人都有许多不同的选择。例如斯坦利·瓦卡先生的那位副总裁部下。尽管他犯过种种破坏性不同的错误，至今却仍在Knopute公司原来的位置上，此时正在操心斯坦利·瓦卡先生的健康状态。假如他的上司是弗里德里克·卡森先生，根据犯错数目，他早就被解雇了吧。同样的，相对于斯坦利·瓦卡先生想伺机中止"最棒产品"的运转，并从中撤离，弗里德里克·卡森先生却想提建议，打算从后猛推朋友一把。他原本就不明白，朋友怎么会在这种时刻犹豫不决呢？

"你的心思太细腻啦。"弗里德里克·卡森先生再次说道，这次带着一点点困惑。假如再推一把，也许就会发生不可收拾，无法挽回的事情了。他兴奋得起了鸡皮疙瘩，就这么推了朋友的后背一把，"你这细腻的心思，和你既成的事业以及将来会成就的事业都不般配吧。也许你是太成功了，而这种成功正追着你不放。"也许吧，斯坦利·瓦卡先生心想。他回想起年轻时去求投资人出资的事情。自己有一种不怕俗气的精神力，是多么睿智，多么能够吸引人以及统率人啊。精心构思的计划没有纰漏，身上也具备发展眼光和付诸实行的能力。被他说服的投资人十有八九会问及撤离战略：投下的钱最终以何种形式回收？是将股票上市，让一般投资人高价购买为出口，抑或让现有大企业收购作为出口呢？

"撤离战略，"斯坦利·瓦卡先生一边接受弗里德里克·卡森先生的缓慢诱导，一边嘟哝，"我知道。我要的就是那个——不是此时此刻，而是在某时某刻由除我之外的，某个更完全的东西去完成。我要丢掉纠缠不清的、形而上学的限制，渴求没有任何牵制的东西。为此，我一直以来比谁都努力，我告诉自己和身边的人：要通过自己创造的产品改变世界。我终于完成了与'最棒'之名相般配的产品。通过'稳态'联结的这些人，其中也许已经不存在个体，也不存在场地，甚至失去时间概念。"斯坦利·瓦卡先生幻想的这一切，日后被猛烈批判为"几乎是肉海"，当然，此时的他对此一无所知。

"可是，你肯定对'最棒产品'聚集的群众一筹莫展，不知道怎么对待这一伙人。"弗里德里克·卡森先生凝视着把视线移开的朋友，很认真地继续说，"的确，在内部待着的人也许会像你期望的那样，乖乖地继续联结。然而，照这样推进下去的话，就只有你被排除在外了。因为你有与细腻心思不相称的支配欲嘛。虽然现在我还没有那种打算，可最后就连我也会被卷进去吧。也就是说，只有你一个被撤下了。只留你独自一人,被迫做最后的决断。虽然你说过那是你期待的样子,但那是谎言。你最害怕的就是这一点啦。你太怕这一点了,以至于迫不及待要让它成为现实。这在旁人看来挺不自然、挺奇怪的,但你就有这种倾向。"

弗里德里克·卡森先生所说的情况,清晰地浮现在斯坦利·瓦卡先生的脑海里。他感受到无声的震撼。

"所以嘛,"弗里德里克·卡森先生浮现出恶魔般的笑容,和阿巴斯·阿尔汉在教典记述的形象一模一样,"所以呀,我代替你吧?你想做的事情,由我代替你做了吧——如果可以的话,如果你无法再忍受下去的话。你不是说了吗,逼仄的地方只要一个人就可以了?能力相同者、在其之下者,没有存在必要了吧?"

弗里德里克·卡森先生目不转睛地盯着斯坦利·瓦卡先生。假如此时能移开目光,假如斯坦利·瓦卡先生有不得不这么做的从容或虚情假意一点,事情就应该会是另一个结果。

我有类似悲哀的感觉。因为如果此时旁边的人不是弗里德里克·卡森先生,斯坦利·瓦卡先生就不会自杀了。在此之前,斯坦利·瓦卡先生的野心本应撞到现实的墙壁上,稍缓一点才破灭的。

标题：结论 2020

来自：Yozoh Uchigami 2019/7/24

发给：Dr. Frederick Carson

    第一次和弗里德里克·卡森先生说话，是在二〇一八年的晚会上，到上次为止的邮件大致上提到了，所以我先搁笔不提。我们再会是在明年，而"最后对话"是许久之后的事情，所以现在焦急也没办法。

    且说发送了上一封邮件后，大概已过了五年，和弗里德里克·卡森先生决定保留记忆的周期正好相同。的确，也许在这么点时间内，维持最强并不太难。即便控制自己不给你写邮件，也并非难事。

    就像对斯坦利·瓦卡先生所做的事一样，弗里德里克·卡森先生那样的人经常会在心理和精神上给对方施压，从而达到积极作用。不过，爱用这类手法的人，有慢慢失去声望的倾向（也许弗里德里克·卡森先生并不在乎）。例如在公司里受提拔快，但某个时候就到顶了。就我所知，若是在日本公司，这种人往往到部长级就会停了，到不了区域经理或者决策层。在这个意义上，雷蒙德·钱德勒的名言一语中的，"不变强大就活不下去，不变温柔就没有资格活着"。

    原本弗里德里克·卡森先生自己也没有想成为"最强之人"。他从一名神童顺利成长为一名新锐的年轻学者，最终作为权威人士为世所重。他不过是觉得"发展自己的个性"适合作为人生方针推进而已。基督教价值观植根于古希腊、古罗马文化，它所发掘的个人主义咬破了它的理想和信仰本身，根据不同时代改变信条，并一直主导着发达国家的思潮。

然而，所有人都要发挥自己的个性，这真的能称之为好事吗？这是弗里德里克·卡森先生年轻时心里冒头的疑问。最终，所谓个性也并非绝对的存在。个子是高是矮、IQ是高是低、力气是强是弱，这些都是相对而言的。各自发挥个性的结果，呈现的不就仅仅是一个"严格的排行榜"而已吗？

看到他人，尤其是优秀之人在强烈的情感支配下行动，弗里德里克·卡森先生就是会莫名地异常兴奋。他利用自己的社会地位，为追逐凭兴趣看上的优秀之人花费了许多时间。他们为何活着？弗里德里克·卡森先生异常关心他们的原动力，如果完全顺着这个方向，再往前推一把，要是能够逼他们唤醒连自己都没有察觉的极限可能性，那不是对其本人也有好处吗？假如对对方而言不是好事，那么在某个阶段就会出现阻挡者了吧。

在斯坦利·瓦卡先生去世过了相当长的时间后，弗里德里克·卡森先生便渐渐自称"最强之人"了。这种称呼实际上算是个自虐性笑话。然而，当他悉数击败拦阻之人，成为名副其实的"最强"之后，所有人都忌讳他并嘲笑他的最强性。实际上，揶揄的人也几乎全被认为是对"好事情"目光短浅，失去了在"最棒产品"之外的容身之所。与那样的黑暗时代相比，现在还可以说是十分田园牧歌式的。

在"最强之人"看来，我诊治的所有患者都应服从"好事情"吧，包括此刻在我跟前的这名患者。这名三十多岁的患者可不仅是普通的东京都居民，还是为了全体日本人而振兴东京的"宝贝"东京都职员。

他这几年负责审查文化振兴资助金的受助对象，正确地分配数目有限的预算。本来是提供资助金的工作，谁料"如何避免下发"反倒成了要点。与自己的天性相反的、令人讨厌的角色让他疲惫不堪。

这时，他被提拔到东京奥运会的残奥会准备部门，心情焕然一新地上任新职。但是，与他同时调往此部门的新上司，也是酷似弗里德里克·卡森先生的讨厌家伙。我的患者由于承受了他上司的心理压迫，脑子不能自由思考问题了。他的上司擅长掌控他人心术，有能力从逻辑上让对方无处可逃。这位上司一上任就要求部下们二十四小时汇报，我的患者看上去最为愚钝，因此被置于食物链最末端的位置。他的确不是思维敏捷的类型。他的固有特长，是从别的途径考虑较为广泛的影响，但上司断定这毫无意义。他无奈之下请上司指示，却被驳回："都一把年纪了，你自己想吧。"

不久之后，他感觉所有案子的迟滞和受阻，都是自己的错。上司不仅为了满足自己的嗜虐欲而如此逼迫他，还把这作为组织管理的一环加以正当化。结果，这位东京都职员应家人的恳求开始来我这里看病。他是这样想的：

"在明年的东京奥运会上，假如日本所获奖牌数不如上一次东京奥运会，那就是我的责任。"

从常识来看，这是难以想象的事情，但在他心目中，自己的行动与奖牌数结成了牢固的因果关系。灌输这种因果关系的，是他的上司，但就像老鼠被放入通电的箱子一样，他已经挣脱不出上司设下的思维桎梏了。

应该当心阿谀的追随者。精神科医生就是最佳例子。他正伺机说你想听的、爱听的呢。你不是为了确认是否能战胜疾病才上医院的吗？

上司爱说的那种话在他的脑子里盘旋着，牵着他走。但这位东京都职员的有趣之处是，他既被内在的上司的话牵制着，又四处求救。也就是说，他虽对精神治疗抱怀疑态度，又因为周围人的规劝而不得不上医院试试，但同时想证明自己的状态不是过劳，而是上司造成的职场抑郁。他虽是个小心眼多、令人为难的患者，但也让人恨不起来。对，坦白说，我不讨厌令人为难的患者。

长谷川保先生是令人为难的患者的代表。他甚至不让秘书察觉自己反复的躁郁，大力推进工作。他听取支援者的诉苦，往相关的地方打电话。遇到不好办的对手，就叫来官员，让官员解释为何解决不了投诉，由所属协议会或者委员会接管并负责。每一件事，都有踏实、稳健的成果。政治家正是以如此建立的背景显示出力量，给人一种有行动力、令人想听听他意见的出类拔萃印象。这对轻松就能再次当选议员的他来说，可以说是少有的活跃。

当话题集中于奥运会时，在背地里悄悄通过的法案或预算案之中，尤其是不声不响溜进去的ODA预算案，将左右人类的结局。这也是长谷川保先生所为。他此刻正为此事与Emosynk公司的代表在代代木的法国餐厅密谈。在斯坦利·瓦卡先生死后，弗里德里克·卡森先生名副其实地成了Emosynk公司的代表。长谷川保先生从他那里打探出Emosynk正为人道援助筹措了资金。弗里德里克·卡森先生从人类和平的角度出发，解释了在非洲饥馑率高的地区所建立的避难所引入"最棒产品"的意义。

"议员先生，你在那次晚会上提到了性价比，我也有同感。就是说，在我们的产品性价比明显恶化的情况下，那将会对调整有所帮助吧？"

"性价比？"长谷川保先生重复道。难道自己无意识中，又用这个说事了？

"抱歉，你说的是什么事？"

"就是关于人类啊。"

"人类？"

"对，人类的性价比。是你的观点吧？只要看人类史，随便就能找到几个明显的目标：扩张生存范围、增加人口。而近代以来发展的民主政治，应以人人平等为理想。议员先生，这是你说的呀。"

的确，那些是长谷川保先生平时想的事情。他在忧虑：如果就这样子迈向全体的个人平等，社会和环境将无法确保维持人类繁荣和共存所必须付出的成本。所以，必须有人提高性价比，保证持续性。

"但是，政治给予民众的，必须是幸福。这一点对于外国人也同样适用。"

"是幸福啊，就是幸福。'最棒产品'为大家提供的梦想就是幸福，别无其他。"

长谷川保先生经常在辨别歧义的同时倾听弗里德里克·卡森先生的话语。但是，他其实处于听不进别人的话的状态，因为抗抑郁药剂断药了。他站在洗手间，不喝水就咽下中等效果的药。他希望将药分开服用，我就开出各种不同剂量的处方。从这一点来看，我纯粹是选择了保守治疗。

但是，长谷川保先生比处方更频繁地服药。我偶尔走过那附近时，会因为有点在意而进入他们二人聚餐的餐厅看看。被带入座之后，我赶紧去洗手间看一眼，见长谷川保先生又在那里用手帕擦嘴角。他正要再次伸手摸收在胸兜里的药盒子，听见我喊"长谷川先生"后，他就循声过来，神色有点戒备。药物开始生效，他的意识模糊了。在发现来人是自己的医生后，他便微微点了下头。

"你在上周的报纸专栏放话，很好啊。"例行的熟人偶遇、寒暄之后，我开始寻找话题。

"谢谢。"长谷川保先生说道。他职业性地向我伸出手要握手，但想起是置身洗手间之中便收回了手，然后苦笑。他返回餐桌时，想起了我夸奖的专栏。他写的是人们要争取的幸福，投稿目的在于表明政治家的正当立场。

"包括我在内，生活在发达国家的人不可忘记身上的责任。不怕误解地说，我们有'责任'追求'幸福'。我们有这种义务，而不是权利。幸福，是与个人愿望完全不同的东西。"

也就是说，他在说的是最终结论。制定涵括一切的，人们不得不同意的方针。追根究底的话，这就是人类理应得出的结论且意义固定。在明白个性多样化的可贵性，经历漫长的时间之后，敏感的人们已开始察觉了，人类似乎带着四分五裂的意识追求着各自心中的幸福，但大家其实只是在迈向最终结论而已。长谷川保先生选择借助激进手段，也许已经超越了作为政治家的本分。长谷川保先生这时已被弗里德里克先生说服了——为了让现实世界引入"最棒产品"，他需要制造一个"开端"。

但是，真正开始一件事情，并不像看起来那么简单。这次聚餐也可能会变成通往最终结论的契机。不过，即便未能在这里说服长谷川保先生，弗里德里克·卡森先生也会使用别的手段吧。那么，既然可以说斯坦利·瓦卡先生和弗里德里克·卡森先生成为朋友是"开始"，那么以弗里德里克·卡森先生借名字给Emosynk为"开始"也行得通。而在斯坦利·瓦卡先生自杀数日后，当"最棒产品"的样机送到社长室时，弗里德里克·卡森先生为"最棒产品"竟然真的在制造一事而大吃一惊。所以，也许那时才能说是真正的"开始"。也就是说，事情的开端可以在任何地方。

也可以把这视为一次产业革命。正因为发明了蒸汽机，人类获得了前所未有的、高效且有规律的动力。当出现某种指明新方向的事物时，人类便会对其切磋琢磨、刨根问底。大发明后跟着源源不断的小发明，迅速填补空穴。我不禁想，需要那么急匆匆地找到结论吗？但人类之所以这么勤快，恐怕只是出于本性，并不是产生了什么实际的展望。

当动力被自动化，物理意义上的力的价值就减少了。取而代之的是，价值标准转移到"如何高效使用产生动力的装置"这点上，也就是说人类进入到强调事务处理能力的时代，被称为"脑力工作者（白领）"的工作应运而生。时代再进一步，个人电脑登场、互联网普及、许多过程都被自动化代替时，单纯的事务处理能力开始被轻视了。这种倾向愈演愈快，在评价一个社会成员时，策划力、统率力和独创性的占比变高了。但是，随着这些技能也被分析、被要领化，一切事物的最佳解法广为流传时，不久之后，在判定一个人的价值时，"如何获得他人共鸣"就会成为一个标准。终有一日会成为常识和定理的法则，其实过去的人们是难以理解的，过于理智的人类终将日益逐个认可指出"荒谬"之事的离经叛道者的心理状态。那是人类在漫长的历史中养成的习性，他们永远都不会停止寻找某种希望。因为几乎已经获得了所有的最佳解法，因此执念是否能引导出真实仍在其次，关键便落在了执念的强度上，某人物越无法与他人产生共鸣、执念越强烈，人们就越对他感兴趣。

弗里德里克·卡森先生成了最强之人,许多想阻拦他的人都是些能力超凡者,他们明显"无法获得共鸣"。弗里德里克·卡森先生要对所有拒绝"最棒产品"的人反复耐心地开展禅对话,为此不惜对他们复杂的人性曲意逢迎。

当普及"最棒产品"被认为是"否定人类母性",并出现武装组织宣称要解放与"最棒产品"相关的女子时,弗里德里克·卡森先生也只是对动乱本身产生了兴趣,想了解其核心内容。组织从"最棒产品"强行绑架走一部分女子,进行共同生活,强行用纯自然方式生殖。在组织的思考方式里,自然运行之理比个人意志更为优先。恐怖组织首脑这种独断专行的思想,虽然与迄今普世认为的"好事情"背道而驰,但她具有颇强的向心力,组织稳固。

弗里德里克·卡森先生与这位组织首脑在特别准备的房间里接触、对话。在这个性别、年龄都变得模糊的世界,至今仍受"母性"观念局限,果然是出于对"最棒产品"的坚决拒绝。

"不可变为肉海。不,原先那些东西既不是'肉',也不是'海'。"组织首脑如此宣称。她主张与"最棒产品"连接的人们已经不是肉,而是类似于无机燃料的东西。之前承诺保障的人权,不过是为了有效地维持人与肉海,所谓提高燃料消耗率的权宜之计而已,根本就是本末倒置了。

但是,对于这种正面对抗"好事情"的顽固信念,弗里德里克·卡森先生马上就表示了赞同。

"好的,"他眯着灰色的眼睛说,"那么,我们就修订裁决——今后'最棒产品'不能与任何女子连接,直到你同意为止。这样,你既可以按分配情况许可，也可以全部否决。一切按照你的意思决定。这样可以吧，女士？"

女首脑满意地点点头，接受了弗里德里克·卡森先生的提议。她统率的组织就此变成了专门审查女子的机构，运作顺畅。虽然最初受到期望与"最棒产品"连接的女子们强烈抗议，发生了大混乱，但很快就平息下来，无限接近于零的出生率也开始有点起色了。然而随着时光流逝，组织者们几乎都已经自然死亡，其中甚至有人撤回了拒绝连接的要求，自沉于肉海。因这个运动出生的孩子们，尽管被尽心尽力地抚育，被寄托于能够继承更多的组织思想，但大多数人都选择与肉海连接。女首脑忍耐了很长的时间，态度处于非失望也非达观之间。等自己的孙子一个都不剩之后，她在"最棒产品"外侧自行了断。

产业革命产生了劳动力富余，用来评价人的价值观也发生变迁，导致曾被视为有价值的东西像雾一般消散。深沉的信念终有瓦解的一天，此后的人对这种重复发生的事情也只会见怪不怪了。且不论程度，各具特性的人在获得全面肯定之后，经得起多长的时光流逝呢？有轻易耐得过五十年以上的，也有十年也不保的。但弗里德里克·卡森先生考虑到自己的耐久力也存在风险，因此在定期消除自己记忆前提下，将保留期限定为区区的五年而已。他的胆略和手法，令人不禁感叹"真不愧为最强之人"。进入二十一世纪后，在不足二十年之间，这家伙将亲近的朋友逼得自杀。虽三次结婚，但每个妻子都逃之夭夭。

最强之人，弗里德里克·卡森先生。

恶魔：破坏和谐的东西。拥有前往象征界的宽宏脑回路，将之卸于现实世界的同时，又以将之扭曲为乐。好听的不和谐音。掩盖

~~误用的接续词。基于胡乱定义的证明。虚假的最终结论。~~

　　虚假的共鸣？前往临时居所的领路人？短小精悍的乐曲。导致误解的注释记录。悖论系统函数。最终结论？

标题：结论 2020

来自：Yozoh Uchigami 2020/7/22

发给：Dr. Frederick Carson

    在东京奥运会期间，我在工作间隙经常看转播。住院患者们被电视机拴得牢牢的，员工们路过开了电视机的房间或大堂时，也情不自禁地望向那边，有时还会停下脚步。有边调整输液边看的，有巡病房时看或者边吃饭边看的。四年一度的夏季奥运会对于有一定年岁的人而言，某种程度上应该不新鲜了，但就在距离医院仅仅两公里的赛场，将通过比赛决出人类跑得第一快的男子、人类最擅长骑马的女子、人类在水中移动最快的男子，这种氛围创造出妙不可言的亢奋感，如同蒸汽在整个东京上空摇晃。

    在由猫杓亭大眼鱼主持的东京奥运会特别节目上，赤井里奈小姐创下了自己导演人生中最高的收视率。在日本电视界，虽然搞笑艺人的地位比前一阵子降低了，但猫杓亭大眼鱼这种级别的艺人仍有相应的待遇。对于奥运选手，他抱着交织着憧憬和嫉妒情感，读出幕后团队准备好的、各选手的花絮轶闻，再适当地来点夸张模仿。这是他的热身方式。到正经播报时，他也不会全照着事前编排展开，假如过程相同，也纯属偶然。他总是能瞬间感应到现场脉动，然后把节目变为受欢迎的"大眼鱼式"节目。对他来说，在节目中即兴发挥，就是一种竞技。

"开幕式即将开始。这位男性据说来自伊斯坦布尔,先生,你觉得东京奥运会怎么样?"

阿巴斯·阿尔汉先生以满座的运动场为背景,面对麦克风,盯着镜头。这是将于后天播出的一个直播场面,我将会在代代木的一个运动吧里观看。显示器那头的阿巴斯·阿尔汉先生没有丝毫畏缩。

"好多人到这里来了,我要找的人应该也来了。"

画面切换到直播室。猫杓亭大眼鱼把阿巴斯·阿尔汉先生说的"蹲点"误解为"等待",考虑拿著名约会地点"八公犬前"或"新宿ALTA商场前"来调侃一下,又感觉时间不够,就没有作声吐槽,反而节目助理评论一句"能见上就好",引起了小小的哄笑声。

当然,阿巴斯·阿尔汉先生很清楚奥运会会场不适合等人,但他有他的道理,这不是玩笑话。假如知道详情,猫杓亭大眼鱼也许就不会考虑抓这个点说笑。但猫杓亭大眼鱼和阿巴斯·阿尔汉的人生交叉点只有这一瞬间,即便他对阿尔汉先生所知不多,也无可厚非,不会引发什么大问题。

然而这一年间,始终都没有察觉我给他写邮件的弗里德里克·卡森先生又如何呢?这不是要出大问题了吗?对于与自己关联甚深的阿巴斯·阿尔汉先生来说,弗里德里克·卡森先生不是应该了解更多吗?也不知道他为什么一点儿也不了解阿巴斯·阿尔汉先生,我以为他应该有所察觉才对。

例如出生地。阿巴斯·阿尔汉出生于土耳其安纳托尼亚半岛东南部,接近叙利亚边境的玛尔丁县。二〇〇六年起他悄悄推进的开发工作,企图将旧街市在短期内升级成城市化后的新市街和观光城市,他的父亲对此一屑不顾。父亲一向活得颇有格局,期望儿子走上现代土耳其精英之路。从幼年时代起，父亲就不断告诫他"阿尔汉家的男子将来要有带动玛尔丁县前进的气概""维持社会和谐是必要的，但忘记安拉的教导是愚蠢的""找出用功和礼拜的内在喜悦，不要被眼前事物迷惑"。他真心接纳父亲的话，决心不但要带领全村人，还要带领全人类前行。他热心地向受当地穆斯林尊敬的乌莱玛（**注：乌莱玛，又译为乌里玛。伊斯兰教教职称谓，意为学者的复数**）和叙利亚正教的神父求教，但每一个圣职人员都将他视为固执的年轻人，一论及信仰，全不理会他的言论。

实际上，他父亲的意图是想让他好好钻营一番，到政府里做事或取得可夸示于人的现代化资格证后便回到故乡，建立稳固的生活基础。这么小里小气的望子成龙心愿，任何一个国家的父母都会有。但是，阿巴斯·阿尔汉先生与父亲根本不是同一类人，这让顶多算是个俗物的父亲无法理解。

阿巴斯·阿尔汉先生数次改写他教典中的"恶魔"条目。那是极难得出结论的词语之一。虽然尚有几个须改写的条目，例如"时间""金钱""家人""欲望"等，但他在去见弗里德里克·卡森先生前，着手修改的词条是"恶魔"和"时间"。他熟读弗里德里克·卡森先生的著作，从中品味出恶魔性来——这些邪恶的书本，一字一句都非常强有力，有些地方甚至具有凌驾于阿巴斯·阿尔汉教典的控制力。他察觉到，弗里德里克·卡森先生的支配欲很强，不认同自己以外的人的存在，器量狭小。

离开伊斯坦布尔前的最后一天，阿巴斯·阿尔汉先生一边不由自主地思考"时间"，一边在街市闲逛。他二十岁时离开故乡，到现在已历经十六年时间。无法回头的代表性事物——时间。他一边眺望初来伊斯坦布尔那几年居住的亚洲一侧的海岸，一边搭乘摇晃的海峡联络船。即便已经抵达活动桥的栈桥、大门已经打开，新一批乘客准备上船了，他也不下船，而是继续乘船再回到欧洲那一侧。他用指头拨弄着多买的搭船硬币，眯眼看着下落的太阳。在两块相对的次大陆之间的伊斯坦布尔海峡正中央，船舷旁成群飞翔的海鸥影响了视野，前头欧洲那一侧的新市街上，写字楼群朦朦胧胧。那是他任职的系统开发公司的所在地，但从海上看，不知为何感觉挺远的。旧市区正在不断靠近，看得见圣索菲亚教堂的圆屋顶。它在东罗马时代是主教座堂，但被奥斯曼帝国控制之后，就成了墙壁被封固的清真寺，现在，这座壮丽的建筑物是博物馆。写有阿拉伯文字的圆盘浮现，用有色大理石拼成的马赛克基督肖像从斑驳的灰泥中露出来。阿巴斯·阿尔汉先生心想，这个地方既是亚洲也是欧洲，同时又都不是。它正在慢慢恢复原来的状态，如同钟摆的摆动回归安定。

出发前往东京的时间，正一分一秒地接近。

标题：结论 2020

来自：Yozoh Uchigami 2020/7/23

发给：Dr. Frederick Carson

最终，阿巴斯·阿尔汉先生一次也没有返回老家。他听人说，优秀且心肠好的弟弟英年早逝，让父亲几乎疯掉。而他明白，自己的存在不仅不能安慰父亲，反而会触怒他。

成田机场有组织地运转着，甚至能毫无压力地提取手提行李，与即将登机仍无法判断登机门的阿塔图尔克机场不同。但阿巴斯·阿尔汉先生心中却莫名其妙地难以平静。他登上事前通过网络预约好的"京成机场快线"特快列车，前往日暮里住宿。出发也好，到达也好，全部分毫不差地按照时刻表进行，他又感觉不平静了。出了检票口，他因高架桥下好几条单轨铁路平行运作的场景驻足。他一边眺望银色车厢不停地来来去去，一边无意识地嘀咕道："这座城市精准得如同背负了效率化宿命的巨型机械一样，在此处生活的人们，是维持它的燃料吗？或是说，人们被城市守护着？"阿巴斯·阿尔汉先生似乎明白它的目的地，在路上打开手提箱，取出教典，记下了"机械、人的聚集、融合"。他念叨着这些词语猛一抬头，看到对面的车站站台和墓地之间，不祥地屹立着一座朦胧的巨塔，不知为何便再也没法吱声。

他办好入住，再次取出教典，在桌面上摊开。因为多次修改，册子已有多处破损，但他不以为意，打算沉浸在写作的世界里。追逐文字时，他感觉时间就像被热量融解一样融化了。他想到自己此时此刻，到抵达这一瞬的感受为止的全部时间经历，想到那无法抵御的力——使这一瞬随即变成过去并一直推向远方。时间、时间、时间。正当他要在教典写下此刻无从把控的东西之一时，窗户那边就出现了一座塔，和刚才在车站见过的一样。它发着光，像要淡淡地融入夜空和街市之中。他的脑海中一下子浮现出弗里德里克·卡森先生，一个打算在人们前进之处强行灌输个人意志的人。那所谓的"前进之处"不过是一个路过的点，他却把它伪造成终点，要将人们逼入尽头。

此时此刻，可以说就连弗里德里克·卡森先生本人也没有自觉，但预见将来会出现最强之人的线索，其实已散布在万人面前。最先抓住了契机的是阿巴斯·阿尔汉先生。他之所以能拥有这种独特的认识角度，是因为他最后也未能从以父亲为首的人们那里得到爱。不过对他本人来说，那只是微不足道的事情。这时，他唯一觉得能视为问题的，只有恶魔。

然而，被视为问题的弗里德里克·卡森先生在与我进行"最后对话"时，甚至不记得阿巴斯·阿尔汉先生这个人。我们像在进行一场从容不迫的日本象棋大决战，在长长的沉默之后进入了"最后对话"——这是过了很长一段时间后，在横滨大栈桥尽头的西餐馆里进行的。

我们坐在楼层正中四张桌子里最靠近海的座位上。这儿三面嵌着大玻璃，我们仿佛漂浮在夜晚的大海上。弗里德里克·卡森先生喝腻了鸡尾酒，说着"既然都是'最后'了"，要了店里最贵的红酒。我们乘着酒兴，要把最后该说的说透。内容事关重大。我们一边花上充分的时间拿出各种语言解释爱、美、恶、时间，一边感受各种语言之间奇特又微妙的差异。

他时而以非常绅士的表情向我确认:"已经说够了吗?"

我摇摇头,说:"不,说得还不够充分。"

"是吗?那我们继续吧。但是,你确实很缠人。如果是我的老朋友,他早就放弃了。"

这时,他的念头里,不如说,是留在他记忆里的男性之中,所谓"朋友"只有斯坦利·瓦卡先生一人,而其他都归作一般男性。弗里德里克·卡森先生一边眺望我身后的大海,一边回想起与斯坦利·瓦卡先生的过往。虽然分量不如和我进行的"最后对话",但二人之间曾进行了一次对人类历史至关重要的对谈,这是毋庸置疑的。

话头来自脸书。这家风险企业实力急速增长,与Knopute公司的第二繁荣期重合。社会化媒体将人与人之间的沟通彻底视觉化,并使其普及。虽然是后起之秀,却已称霸本行业。然而斯坦利·瓦卡先生却对朋友说,在该领域,自己最终会赢得胜利。

"我已经为此设立了新公司,并在私底下推进准备工作了。今天来就是想请求你:能否请你成为那家公司的挂名社长呢?"

"当然可以啦。"弗里德里克·卡森先生轻易就应许了,"我倒是每次都被你的深谋远虑震惊呢。那么,目前正让脸书公司姑且逍遥一阵的你从整体上看的话,这究竟是什么情况?"

"看来还是得逐步和身为社长的你说说了。"

斯坦利·瓦卡先生认为,脸书公司确实在某个方面掌握了一切发展的可能性,一个有着实名制的线上沟通社会化媒体,打算在方便用户发言或行动的前提下,最大效率地让用户展现自我表现力。不过,这恐怕还要进一步打磨系统性把握自己和他人个性的方法吧。然而，使用这项服务的人已经出现了这种趋势：因自己的发言而形成的"人设"如同影子一样挥之不去。例如，想要抹去一段在网络上说的话，但又烦恼于抹掉是否合适。越是费心费时打造"人设"，就越是担心别人会因为这个"人设"误解自己。用斯坦利·瓦卡先生的话来说，就是"这种模式从开始就错了"。让具有高度信息传达能力的网络为人的沟通而服务，就必然会反映出一个人身上分裂和矛盾的事实。而那些在交流中获得的东西，也必须还原回实体。也就是说，脸书得以普及的秘诀在于它自诞生起就以连接"个体"为前提的再现力，但它的局限性也源于此。斯坦利·瓦卡先生策划的"最棒产品"，必是克服这一局限性的设计。个体A拥有的某种特质，假如想让个体B或其他个人也拥有的话，那就可以通过"最棒产品"将那种特质以"个别"为单位进行模拟。也就是说，并不是笼统地将各种要素拼凑为一个人的个性，而是上亿个体的各种个人特质细分，将一切整理为不会重复的"个别"。单纯来说的话，"温柔""残忍"等人的特质，超越了生命的框架，被纯化后作为"个别"特质存在。而那个通过CPU共有的梦想，最后将导致怎样的结果？在新世界开启的一刻，"个别"的数量将会戏剧性地骤降吧。但是，其后因"个别"与"个别"的矛盾尖锐化、相互影响、杂交，已开始饱和、凝固的旧世界也许有可能打开突破口？

斯坦利·瓦卡先生去世数月前，对生意之外的现实的关注已然松懈。在房间里走动时，他会踢到垃圾桶、撞上桌角、弄洒咖啡。他常常有无法抑制的冲动。假如走不出去的话，他就自己一个人闯出去。在这种欲望的鼓动下，他几乎花了人生的所有时间创业，让公司上市，不断向社会推出迄今没有的新产品。其结果是人类沟通的信息量飞跃性增长，沟通速度提高，时代进程加速。然而，越使之进步就越是堵塞了逃避的路，他原以为是突破口的东西，以为也许能一直拥有的憧憬，充其量是现实的附属品，与已有东西同样没意思，也不具有任何外部属性。

"出口还是有的吧。"刚从日本回国的恶魔喃喃自语，两年前，即二〇一八年七月底，弗里德里克·卡森先生在斯坦利·瓦卡先生的房间里，一边喝配比绝妙的杜松子奎宁鸡尾酒，一边从容地上下打量对方。他很冷静地想，这就是性格古怪的大富豪的房间吗？随后开始思考今后要对朋友说的是非：对个人的意义以及历史性的意义。弗里德里克·卡森先生考虑将重点置于某一方面的讨论点上，但作为朋友，重视两方面的重合之处才更符合双方的共识。所以，即便不结合起来，也可以排除犹疑。

"斯坦利，诚如你之前说的，脸书的模式并不能都奏效吧。不如说，这种模式只是挖深了外壕而已。这也和你说的一样，人们会因此变得更加孤独——陷入纯度更高的孤独。"

孤独？

"没错。就是说，即便能够正确地表达自己，也没有接受的一方。因为照此下去的话，其他人也必须花时间把自己的形态刻画清楚。毕竟他者并不是为了你而存在，所以接受方的接受时间是绝对不足的。我也认为脸书模式的局限一定就在这里。最后，大家就像对着虚空不停说话一样。也许那是一幅很棒的画，但足以支撑大家那么做的成本，怎么想也无法满足吧。不用多久，网络世界就会以肉眼可见的速度产生分异。所以嘛……"弗里德里克·卡森先生偷看了朋友的眼睛一下，

"你要做的'最棒产品'的模式，是十分正确的！"

斯坦利·瓦卡先生注视着朋友的灰色眼珠，回想起以前说过的豪言壮语。脸书的创立者完全达不到自己所在的境界，他虽然有全面把控事物表层的能力，但无法突破表层，直逼深处。

一位美国女作家说："时间的存在，就是为了不让所有的事情同时发生。每个人的存在，就是为了不让所有的事情都发生在同一个人的身上。"

这正是人们最畏惧，也因此在无意识中向往的境界。脸书的创立者恐怕连这些事情都没有列入考虑之中吧。

"你记得吗？你和我说过，你喜欢的那个国家的作家。"

弗里德里克·卡森先生又想把话题扯回"出口"。他利用对方的记忆来打动对方的心，这和我的工作和做法相似。有作家以自杀为卖点，尽管本人并不真想死，却在不断自杀未遂的过程中，不小心因自杀死掉；有作家带着几分滑稽华丽登场，露出真面目，摆出一副忧国姿态，前往自卫队剖腹自杀；某个获得过世界级权威奖项的作家，本已颐养天年，却以谜一样的方式自绝生命，神秘程度众说纷纭，以至于维基百科上记录了包括以侍女辞职为契机而无法承受打击在内的各种分析。

上述的死法未免太蠢了，怎么也不能自杀啊。斯坦利·瓦卡先生跟之前一样要笑起来，但弗里德里克·卡森先生神色不改，只嘟哝了一句："出口。"

"出口。"

斯坦利·瓦卡先生也像复述一样嘟哝道。

"嗯，你已经很拼啦。不过，还是没有'出口'吧？往后肯定也不会变的，即便是由'最棒产品'创造的未来——你脑袋好使，应该可以想象得到吧？你能忍受得了吗，斯坦利？我有点儿不放心啊。意志那么薄弱的人将成为'最后的人'，这合适吗？你忍受不了的呀，毕竟这不符合你的为人嘛，你可是获得了小小成功就会心神不定的啊。一切生命体终有一天会回归于物质，'最后的人'必然会目睹这些，因此至少要有观察的气魄。你做不到的呀，对吧？对于一直寻求出口的你来说，确实做不到。"

出口。斯坦利·瓦卡先生想再次嘟哝的时候，干涸的喉咙妨碍了他。

弗里德里克·卡森亲切地笑着。

标题：结论 2020

来自：Yozoh Uchigami 2020/7/24

发给：Dr. Frederick Carson

  不厌其烦、无数次重复那些内容的人，也许确实符合"最强"的称号。对他人关注的事情刨根问底，一旦发现那里什么都没有，便自觉有趣地向他人展示，以此为乐，还美其名曰感性。若以阿巴斯·阿尔汉先生的话来说，这就是"恶魔"。

  "几乎就是'鬼'了。"

  不过，比起用"恶魔"这个词，日本使用"鬼"的频率更高，但有更能表现其形象的东西。昨天给难对付的患者——东京都职员看病时，他称为"鬼"的，是他那类似弗里德里克·卡森的上司。在诉说蒙受上司的苛待时，他眼中迸发出比平时更充沛的活力。他持续工作的这一年，仿佛在抑郁状态和平常心境之间来回切换。虽然不清楚自己的情况，但他喜欢现在这种既非生病，也非健康的灰色状态。他原本也会干着急、做事没效率，但在同事们的同情和体谅下，心情渐渐变好了。

  "很快就有结果了。假如比上次东京奥运少拿了奖牌，全怪我。"

  以上次东京奥运为标准的话，目标就相当高了：金牌十六枚、银牌五枚、铜牌八枚，总分在参赛国家中排第三，所以大概谁也不指望能达到那样的成绩。就连向他强行灌输这种观念的上司，都不再说"得不到奖牌是你不好"了。其实就是患者本人回味压迫感，再予以放大而已。

当然了，我是最终结论，把最终的奖牌数告诉他，对我来说是件简单的事情。可若我这时说自己知道结果，这位东京都职员会相信吗？在这件事情上，身为东道主的我没机会用上经典台词"稍微保密一下呢"。东京奥运会今晚就将开幕，而"此刻"正迅速接近事件的时间点。

我约了前几天在联谊会认识的女子。她在东京都内上班，名叫安永更纱，名字让人联想到清澈的河流。我们在大江户线的新宿站出口会合，叫了一辆出租车。同一时刻，阿巴斯·阿尔汉先生正挤在奥运大会场那八万名观众中，寻找弗里德里克·卡森先生。阿巴斯·阿尔汉先生根据网站内容，得知弗里德里克·卡森先生最近以学者身份参加的活动，再结合自己通过解读教典得出的对方的品性和行动原理，确信了恶魔应该就在这里。弗里德里克·卡森先生不在阿巴斯·阿尔汉先生入场的分区。他为了观赏奥运开幕式，和两年前起就一直保持恋人关系的女人一起在会场里，此刻正搂着对方的腰，嗅着微微飘逸的香水气味。

此刻，我正和安永更纱一起下出租车，走进一家运动酒吧。这可是我特地找的、尽量接近奥运大会场的店铺。阿巴斯·阿尔汉先生被电视台现场记者找上，做了个简单的采访。采访一结束，他就起身去洗手间，解决憋得慌的小便。如果再早个五分钟的话，他就能碰巧在会场的通道与弗里德里克·卡森先生遇上了。

时间、时间、时间、时间……洗手间里的阿巴斯·阿尔汉先生一边用土耳其语嘀咕，一边观察那出自体内的液体画着一条弧线，被雪白的瓷器吸收。尿势渐衰,眼看着以滴状相连。他继续想:自己活到今天,虽然不知道往后还能活多久,但至少到死为止都可以继续回味时间的流逝。时间就像撒尿这般,总之就是猛地使劲,不可逆转地流走,尿液自然就会流光。而身边的男子,不,即便不是身边,而是某处的某人,与是男是女、年龄也没有关系,甚至与生物种类都没有关系,恐怕有某个人正在某个地方猛烈释放,一刻也不停!想着也许有中断释放的可能性,以及持续释放还有其中的危险性,阿巴斯·阿尔汉先生不知为何感觉很幸福。他再次确信必须做的事情,心想自己不妨开始动手了。就像面对教典一样,他只是变成了反应的波浪本身,任由幸福感和亢奋昂扬。

阿巴斯·阿尔汉先生返回满座的会场,再次用他鹰一样的眼睛环顾观众席,寻找恶魔。但是从结论来说,阿巴斯·阿尔汉先生不能在这里找到弗里德里克·卡森先生。为了二〇二〇年东京奥运会,花费巨额金钱改建的新国立竞技场实在是太大了,人也太多了!当然了,阿巴斯·阿尔汉先生不会放弃。他精心搜集了能弄到手的关于弗里德里克·卡森的一切情报,猜测恶魔哪怕存在一点点观战动机的运动项目,不惜血本地将这些项目的入场券全部买了,然后打算静待时机。

假如从人类史的角度看,我真想把阿巴斯·阿尔汉先生这一天打算杀掉弗里德里克·卡森先生的举动作为正当防卫予以肯定。然而,在如今的东京,在满足日本刑法严格的定罪条件的前提下,否定他这种行为的违法性怕是有难度吧。

标题：结论 2020

来自：Yozoh Uchigami 2020/7/24

发给：Dr. Frederick Carson

"我记不清楚了，我应该只是正当防卫吧。"

在东京奥运会结束很久之后，在横滨进行的"最后对话"中，弗里德里克·卡森先生经常使用"正当防卫"这个词,或者是同类的措辞。不得已排除妨碍"好事情"的重要障碍，本身不也是"好事情"吗？诸如此类。

他隔着店内的大玻璃望向月光荡漾的海面，一边眯眼看灯火辉煌的横滨市区，一边对友人的梦想——有关那片"肉海"得出的结论感慨万千。弗里德里克·卡森先生在进行"最后对话"为止的人生之中，曾将许多人送去了包括"死亡"在内的不可挽回之处，但真正直接下手的，仅有阿巴斯·阿尔汉先生而已。可能刺中的地方既算好也算不好吧，他直至某一刻都很清楚地记得，那触感给他的感觉很不好：刀子就像开玩笑似的，顺畅地滑入阿巴斯·阿尔汉先生的胸口。然而，为了保持"最强之人"的地位，身体会自动将五年之前的记忆抹去，只留下为了推进"好事情"而留下的"记忆支柱"，其余一切都会忘记。

在东京奥运会场发生的伤害致死事件，因弗里德里克·卡森先生与当局利害一致，被秘密处理掉了。新闻报道不会提及，甚至在进行"最后对话"时，当事人连这件事都记不清了。于是该事实便作为不起诉记录被检察厅收进书库了事。可怜的阿巴斯·阿尔汉先生！且不论是否正确，在他所感知的世界里，只有杀掉弗里德里克·卡森先生才是拯救人类之路，而从结论而言，他的直觉大体上也是对的。

假如弗里德里克·卡森先生到与我进行"最后对话"的时刻，仍留有对这件事的记忆，当我语带嘲讽提起这一事件时，他的回应应该会比一句"是吗"更有感觉吧。例如"我不过是做了和某种以人类为材料的事情，就像艺术家而已啦"，或者"为了与我抗衡，诸位必须重新构筑善恶之轴"，诸如此类。然而，实际上他只是说了一句"是吗"，便马上喊服务生来添白葡萄酒。

到了这一步，就只能在他自己留下的"记忆支柱"中发现头绪了。"记忆支柱"里的一连串事实是个体在人生中可能经历的事、他再进行抽象化后的真实体验，人类史上的大事件、里程碑般的发明、为了推进"好事情"而做的判断和得出的结果。虽说这是由发生过的事实组成，但以前和我见过面之类的事情当然不在其中。按照他严格的标准，就连骨肉亲人的记忆也被当成人生中常见的事情抽象化了。所以，尽管我们已经是第三次面对面了，弗里德里克·卡森先生待我却仍像初次相见一样讲究礼仪。我和他以外的人已经向"好事情"臣服，或正融入"肉海"，或正从世上离去。立志退化为"类人生物"的某个组织曾生息于大陆的一角，但弗里德里克·卡森先生甚至决定将动物和"最棒产品"连接，因此那个组织根本无法从他的掌心逃脱。也就是说，从任何意义上说，我们都是最后两个人。

我为了引出话题，问道："所谓'好事情'究竟是什么呢？"

"最强之人"把酒杯放在桌上，正视看着我。

"'好事情'指的就是你们的愿望本身。"他说了曾向许多人重复了无数次的说法。

"愿望？"

我反问道，他深深地点头。这种情景也有过无数次。

"对。也许可以说，是本能引导出的结论。对了，本能为何存在，你知道吗？"

如果我说"不知道"，谈话的走向也许会变得有点繁杂，便回答："是为了继续生存吗？"

"可以那样理解。嗯，也可以说是十分正统派的观点。不过果真是那样吗？推动我们的本能之所以存在，仅仅是为了多活那么一点点时间吗？"他脑海里浮现了斯坦利·瓦卡先生的身影——这并非是五年内的事情，而是从前的。他之所以还记得，是因为这段记忆已经变成了推动"好事情"的支柱。我正是要刺激这一点。

"的确。说来活着的时候，本能冲动错综复杂，甚至有人跑的方向与'为了继续生存'背道而驰呢。你是说这个意思吗？"

"这个嘛，从字面上来看，也可以这么说啦。但是，事物并非那么单纯。也有人类学者说，所谓本能，是对现实无可奈何时捏造的东西。"

"你似乎想糊弄人吧？"

"不，我完全没有这种意思。甚至可以说，恰恰相反。为了准确地传达意思，就需要多种语言。迂回、加牢边界、限定可能性，就是为了指向想要表达的那一点。假如说没时间继续下去，不妨随时停止。站起来，从那扇门走出去就行。我很高兴你终于接受我的邀约，来到这个'房间'。但我也没有特别着急，反正你是最后一个了。"

"要我说的话，"说到这里，我有意停一下，"也可以这么看：你才是最后一个。"

弗里德里克·卡森先生略感吃惊，然后，脸上浮现出浅浅的笑容。

"的确，那么看也成立。总之，剩下来的人也就只有你我两个了。我们之中谁更适合做最后的人，不妨从容决定吧。"

主菜上的是小鹿肉，菜名颇复杂。弗里德里克·卡森先生扑向它，吃一口就有意地来一句"美味啊""好吃呀"。他一边吃，一边等我开口说话。我眺望横滨的海，吃得比他慢一点。"最棒产品"制造出来的景象完全不逊色于现实，就连我眼睛的神采或者空气中的尘埃，都由CPU计算出来了。"横滨"这个昔日属于日本的城市已经没有了，弗里德里克·卡森先生是为对话的"房间"预备了横滨的景色，这纯粹是他的爱好。以前论客多的时候，他曾在雅典的希罗迪恩酒店召集观众，或在美国的帝国大厦举办晚会。不过，他最近专门进行一对一对话。想到他之前选择日本时只用了龙安寺的景色，因此这一次的策划可以说颇费心思了。

"我似乎明白你为什么可以留到现在了。"

弗里德里克·卡森先生等得不耐烦似的，终于开火了。这是上了甜品之后的事情。提拉米苏的提味佐料用了橘子。他的蒸汽加压咖啡壶和我的红茶也已经来了。

"你在说什么呢？"

"我觉得，恐怕是你轻视'好事情'了吧。你明白吗？如果你赢了我，你就得背负起这一切了？你，可以吗？你究竟明不明白那代表着什么？"

"最强之人"给我施加压力，想以此降服我。既然这样，我就更往高处去。

"顺便说一句，"我说道，"你记得我们以前见面时的情形吗？"

"是刚才说的二〇二〇年的事情吗？我不记得了。"

"对，是二〇二〇年东京奥运会。你第一次杀了人，多少有点亢奋。再往前说的话，我们在那两年前也谈过话。在那次晚会上，你被名叫六川恭子的性感女人吸引了。然后在奥运会场上，她向你打了招呼，旁边还有我。然后你就说起了'好事情'。你不记得了？"

当然，完全成了"最强五龄童"的弗里德里克·卡森先生不记得了。因为当时他边抚摸孩子的脑袋边说话的事，并没有留在记忆支柱上。

标题：结论 2020

来自：Yozoh Uchigami 2020/7/24

发给：Dr. Frederick Carson

    在二〇二〇年的东京奥运会上，射箭比赛被安排在沿岸赛场之一的"梦之岛"进行。这块地是由废弃物填埋出来的，大部分被绿意盎然的公园占据，室外射箭赛场则是配合奥运会新建的。弗里德里克·卡森先生在竞技场边的洗手间里遇刺。弗里德里克·卡森先生在这回奥运期间未能全程观赛，他险些被一个疯子用刀杀害，因事后连日调查取证，手上的赛事门票几乎全浪费掉了。更别说保持了长期关系的日本恋人，她受不了他杀人的现实，离他而去，再也没有联系。她喜欢的是他超然的态度而不是他的名声，喜欢他远离普通生活的情绪。以这次案子为契机，她加深了对丈夫的爱。然而，这对于弗里德里克·卡森先生而言，不过是常有的状况而已。他年过五十，几乎从未让女方为难过。他的形象和塑造的气质，特别吸引某种类型的女子。问题却是，希望与他相伴的女子到最后都没有出现。要仔细回顾诸如此类的问题的话，五年时间实在太短了。

    他在调查取证时，清晰地供述了案发当天的情况。那一天，他在新木场站看见了大图腾柱。同行一位日本女性朋友告诉他，在日本，小学毕业纪念往往会制作图腾柱，全日本的小学都有这种柱子。从车站前往"梦之岛"射箭赛场途中，他收到一本广告小册子，是宣传小船坞附近的船展览馆的。他边走边看小册子，得知受美国氢弹爆炸实验祸害的日本渔船"第五福龙丸"正在展出。他知道这件事，但不知道那艘渔船仍然存在。

在进行"最后对话"时，弗里德里克·卡森先生已将自己的案子忘得干干净净，但在比基尼岛进行的氢弹爆炸实验，却作为人类史上的大事件被他留在了记忆支柱里。

对于相关人员而言，扔在太平洋上的炸弹是名副其实的"好家伙"，爆炸威力超过预测的三倍以上。只是周围小岛的居民没有得到通知，并受到爆炸的伤害。他认为，这充分显示了人类轻率的一面。

最终，我自己在奥运期间一次也没有去过"梦之岛"，置身六川恭子女士的诊室时，电视上播出过射箭预选赛特别篇。"梦之岛"的射箭赛场混在台场、有明、辰已（注：均为东京奥运会赛场所在地）等画面里头，仅仅出现了一小会儿。我和六川恭子女士当时正在商量一点私事。我的单位与国立体育科学中心是合作关系，作为医疗支援队，我和六川恭子女士都是精神科的代表，因此我们获得了东京都分配的门票，因为这种机会极少，所以六川恭子女士约我在外面吃顿饭。

闭幕式前，在夏威夷餐厅落座的面孔，也实在是非常奇妙的组合：六川恭子女士，她结缘自大学时代的丈夫六川竹宗先生，缠着六川竹宗先生的六川航（六岁），女士抱着的小六川馨（一岁），我，即内上用藏，以及正从友人发展成恋人的安永更纱（三十一岁），还有环境生物学世界权威、刚刚头一次杀人的弗里德里克·卡森先生（五十七岁）。弗里德里克·卡森先生正在一个VIP包厢里观战最后的压场大戏——万众瞩目的男子马拉松赛。他忽然想起我们作为医疗支援队另有安排观战门票,便来到了我们的包厢。被他搭话的六川恭子女士说机会难得,便也邀他一起聚餐了。想来六川恭子女士也太会随机应变了吧。

弗里德里克·卡森先生与六川竹宗先生坐对面,他很得体地赞扬对方有位出色的太太、令人羡慕不已。自己前妻由东海岸逃至西海岸,实在是丢脸。

安永更纱小姐安慰他:"弗里德里克先生也会找到真命天女的。可以的话,请告诉我星座和血型吧。"

我也趁机说一句:"对呀,因为你是最厉害的嘛。"但众人不笑也不怒,六川馨的哭声打破了瞬间的沉默。

弗里德里克·卡森先生伸出头,去逗哭闹的六川馨,玩起了美国式的躲躲猫,缓和场面。对话热闹起来,不久又消沉。终于,他像要抓住时断时续的话头,慢慢说起了"好事情"。他甚至说,希望"好事情"会为了孩子们,顾全大家所需而降临,而这也是他没有杂念的真心话。

他甚至在进行"最后对话"时仍这么说:

"我是为大家活下来的。"

标题：结论 2020

来自：Yozoh Uchigami 2020/7/25

发给：Dr. Frederick Carson

为了大家而活下来的弗里德里克·卡森先生只要遇上了高举理想、不拘一格的人才，几乎都会与之打交道。

"在资源和时间都有限的前提下，所谓的'保证公平'就是分配的最佳途径了，对吧？"在代代木的法国餐厅聚餐时，弗里德里克·卡森先生像对小六川馨一样，探头盯着长谷川保先生的冷漠面庞说道：

"例如，如果是在四分之一个世纪前，你要当选也许要花更多的力气。你不觉得，这是世界性的评价标准从血统转移到能力的证据吗？不过，能力因遗传和生长环境而异，个人往往束手无策，这一点对每个人来说都是公平的吧？"

"不一样啊。弗里德里克·卡森博士。真正的公平与评价无关，也与优先次序之类的事无关。"

"的确。但是在现实中，'粮食和资源也都是争夺则不足、分享则足够'是一种假说，'垄断则足够，分享则不足'才是真实的吧。在这种场合，如何分配才是公平的？大家平均分吗？或者按照体重比例分？需要考虑年龄吗？没体力来取的人就该撇开吗？哈哈。别再浪费口舌说废话了。其实你应该都明白的吧。没问题，你的理想全部会完美实现的！"

真正开始运作"最棒产品"时,弗里德里克·卡森先生接触了自然科学领域的研究机构。他通过Emosynk公司,对研究不治之症和克服衰老领域的研究所提供特别赞助。为了让"最棒产品"发挥作用,他需要吸收所有的研究成果,而不是拘泥于研究领域或是否擅长的时候。时代不断发展,当生物的大部分基本构造被摸清,就连寿命都被当成一种疾病看待时,人类便能更有说服力地用社会科学、人文科学,甚至用自然科学的方式来定义"人性"的组成或反应了。在概念变迁之时,能省力维持生命的方法论便在与"最棒产品"连接的人之间悄然传开了。他们与人类原本的形态相比较,也属于面貌大变的一群人了——或十个个体共用脏器,或每个几人小组分担一个脏器的作用,再向其他小组提供其机能。与"最棒产品"连接的人类为了探索最佳形态,渐渐走向团结、趋同。

连肉体也黏合在一起的模样,让以多样性为信条的人们在某个时期很抵触。在"最棒产品"中,精神共鸣要取得进展,则需要极大地包容对方。不过照此下去,岂非一下子就失去了多样性吗?

"的确如你所言。"弗里德里克·卡森先生用他灰色的眼睛,像窥探坏了的机器构造似的注视着对方,"不过,究竟为何需要多样性呢?只求多样性就行了吗?即使只是一片混沌,所谓的多样性也是导出最合适答案所必需的研究材料吗?那么,如果现实中花费了许多时间才向最佳答案迫近一步,这时却因为多样性的个体中有一个人做了非常离奇的事情而倒退了三步呢?或者,只为容许一个条件优越的人能做逾越规矩之事,你知道所花的成本将会妨碍好几个,不,是成千上万人的生育——你对会妨碍多少有概念吗?你是知道现在版本的'最棒产品'能用那些成本养活多少人，才说出这种话的吗？"

不久之前，弗里德里克·卡森先生的接触对象由原来只限于人，发展至包括动物。因为他发觉，如果着眼于公平的话，没有必要局限于"人类"这个框框之内。在"最棒产品"外面，已濒临灭绝的种种动物被接二连三地扔进来。如此一来，多样化的组成和反应被加入到"最棒产品"之中。批评弗里德里克·卡森先生的人渐渐减少，没人敌得过时光流逝和弗里德里克·卡森先生。

即便这样，当然还是出现了持这种批评论调的人：

"这与其说是生物，不如说已经成了'肉海'了。要让动物也连接'最棒产品'，岂非过于残暴了？"

"你说得没错呢。"弗里德里克·卡森先生一本正经地答道，"被指出视野狭隘后，如今我的确有茅塞顿开的感觉，感谢提醒啊。的确，将连接对象限定为动物，不、生物，是一种残暴的、自私自利的、视野狭隘的判断。仔细想想，的确完全没有必要拘泥于如此小小的范围，对吧？"

弗里德里克·卡森先生对长谷川保先生说过"过度繁殖的鹿"的逸闻。就是这个故事，为日本国会议员下决心给非洲提供ODA援助推了最后一把。

某个地方的鹿迅速繁殖，数量多到了甚至破坏生态环境时，官方只能无奈做出决断：不得不驱逐这种鹿了。反正若环境被破坏，鹿也只有死路一条。既然如此，不要连累其他生物才是合理的判断，将鹿减少至该环境下能养活的数量。但是"从一开始就不存在"和"生下来后宰杀至合适数量"，这两种情况，哪一种是"好事情"呢？我刚才说"垄断则充足，分享则不足"才是真理。假如无视时间轴来考虑的话，从一开始就不让多余的鹿或者已经存在的东西出现在世界上，其实就是一种排除日后可能出现的生物的垄断行为。鹿也好人也罢，什么都无所谓，在这个例子里，能够左右环境的优势者有义务彻底弄清楚，"杀戮"和"事先排除"哪一种是"好事情"。那么，为了检讨这一点，就计算一下两种途经会产生的差值是什么吧。

"等一下。在此之前，你说的不得破坏环境的理由，究竟是什么？"

弗里德里克·卡森先生一如既往地一边问，一边准备好了答案："没错，不妨认为，之所以觉得不得破坏环境，是因为我们潜意识里习惯马上认为'生命尽可能多种多样''能够长久持续的现象'是'好事情'。从这个观点出发，鹿还是多一点比较好吧？的确，假如鹿是最出色的生物就行得通。用鹿角互相撞击，强者生存就行了。同样的，人类数量曾增长过多，于是想通过理想争斗来决一雌雄。但是，人类拥有以一人意志毁灭全体的武力，另一方面又无限提高自己的生存可能性，看来人类似乎希望在自我相对化的尽头，选择永远的胶着状态。也就是说，要延续不怎么增加，也不怎么减少的和谐状态。在有限的环境下，维持'人类体面地生存'的潜力究竟能到达何种程度，我们必须朝着能看穿这种状态的方向迈进。对我们人类而言，那就是最大的'好事情'了。

"对吧？"

"那就是结论了吧？"

长谷川保先生点点头。他一向凭借伶俐的头脑为武器参与政治活动,弗里德里克·卡森先生说的世界观,他也曾有所领悟。他之所以需要我的治疗,是由于他天生的平和气质一直拒绝对那种残酷的认识做出反应。而且这时的他已经过于疲惫,难以抵抗弗里德里克·卡森先生所说的"好事情"。

"从最初见你那时起,我就能感觉到你的头脑清晰啦。我理解你所说的,为了推进'好事情',性价比是关键的观点。**对吧?**而且,你也预见到'好事情'以地球规模实现的机会即将来临。在这颗行星的环境下,发挥且维持生命最为和谐、既无过剩也无不足的状态。回顾人类习性,以史为鉴,我们不难发现,说不定这正是我们人类的使命。没错,运用'最棒产品',我们就能变成行星本身啦。"

标题：结论 2020

来自：Yozoh Uchigami 2020/7/25

发给：Dr. Frederick Carson

  我因"行星"这个词回想起的，是在赤羽的男公关俱乐部时代交往过的一名女子。她无意识地疏远我，自然地流露出一句讽刺："索拉里斯星"。她说，我和那颗被思考的海洋包围的行星很相似。当时，我和她其实只能在极小细节上有共鸣。不过嘛，这也是没办法的事。

  二〇一八年六月二十五日，她给我打来最后一通电话，我还是没接。不过，我也不觉得她希望我接。她能在持续响铃、未进入电话录音期间考虑第二人生就好。我一边听铃声机械地响着，一边梦想：也许总有一天，有人会轻而易举地，把她人生中无法凭借自己力量发现的美好品质引出来。她总是在丈夫和孩子都外出的时间打电话。她收拾好早餐之后会坐在沙发上，有时还会斟上一杯红酒。在十多岁至三十岁的年轻时日，她会被一种不明缘由的焦躁感干扰，但随着年岁增长就变得不那么敏感了。无论是放弃的东西，还是到手的东西，都归属于"无价值"。她觉得，长途跋涉至这个不协调的地方，也许是个很自然的结果。

  "再见，索拉里斯星。"

  她嘀咕着从没当面向我说过的话。

  偏南的阳光隔着磨砂玻璃射入起居室，她像孩子一样躺在皮沙发上望着天花板。

不过，她不再随手就来个电话，原因与其心情关系不大，而是距这一天正好一个月之后，她驾车时遇事故身亡了。并不是人为的，而是意外身亡。每逢时间流逝到她发生事故的那一刻，我便中断诊疗，独自待在房间里。然后，我会尽量专注地贴近她的意识。她的车跟着一辆货车正要右转弯，她打着方向盘，总觉得好像忘记了什么似的，既好像是晚饭的蔬菜不够，也像是忘记把衣服拿去干洗……但感觉有更加致命的遗漏。她那跟随着雾雨中的货车尾灯的眼睛眨了一下，车子左侧被撞击，并承受重压。身体带着的温热、痛感和平衡感等一切感觉訇然汇成一体，充满胸膛的东西最后一下子飘起来，意识中断。

当然，除此之外，我还拥有许多死亡的记忆，此刻世界上也有许多人在死去。然而，要让我传达某种观点时，我依然必须从中选出来——

例如，我现在必须说说阿巴斯·阿尔汉先生的死。

射箭赛场边的洗手间里，在听见箭矢中靶声、随之而来的鼓掌声、再次响起弓的声音时，阿巴斯·阿尔汉先生便察觉了身边的男子就是弗里德里克·卡森先生。他觉得自己就像要瞄准猎物的射手一样，感到一种平静的兴奋。苦苦追寻、在互联网上确认过无数次脸孔的恶魔，此刻就在身边。突然，他的脑海中浮现生物们撒尿的身影——在烈日炎炎的热带稀树草原的树荫下，如同塔楼住宅楼中简洁大方浴室里那淋浴热水般喷洒，又或是为了在街角留个标记般抬起一条腿来方便。他想，肯定也还有某个人在某个地方，发自内心地顺畅排放着。阿巴斯·阿尔汉先生即便在自己完事后，也安静等着恶魔排完尿。假如他考虑的是如何收拾这个恶魔，那应该在恶魔排尿之时从后刺杀更加实在，但他没那么做。

弗里德里克·卡森先生离开便器，背对着阿巴斯·阿尔汉先生。本来也可以在此时从后刺杀，然而阿巴斯·阿尔汉先生依然没有这样做。

"卡森博士？"

阿巴斯·阿尔汉先生用遇见朋友般的轻松语气打招呼。

弗里德里克·卡森先生回过头，看着阿巴斯·阿尔汉先生的脸，但很快目光便停在对方手里闪着光的东西上，身子随即僵硬起来。

"你是弗里德里克·卡森博士，对吧？我找了你好久，真是拼了命地找啊。初次见面，弗里德里克·卡森博士。虽然我实在没有初次见面的感觉。你会很奇怪吧——我是什么人？为何自己会在这里被陌生人喊住？不过嘛，这是不可避免的事情。而且，你瞧，这里正合适，没有人妨碍我们。你接下来将被我手上的利刃刺中而死。这是因为你是极为邪恶的人。明白了吗？你好好听着。你过于关注别人的事情，想要他人的一切，不知不觉中就被邪恶的东西控制了。于是，你终于要胡作非为了。所以，你要被我杀掉。我若置之不理的话，你制造的系统会变得牢不可破。那个系统是谁都逃不过、说不过的，也不能让任何人真正得到幸福的。明确说吧，卡森博士，我曾觉得，也许我无力左右那般发展，没准最后就是要发展成那个样子的。可是呢，请听我说吧，弗里德里克·卡森博士——就算那是事实，但人也没必要遵从它。现在你就要死了，请不要忘记这一点，好吗？事关重大，我再说一遍：卡森博士，人啊，人没有必要顺从事实。无聊的人、无能的人、和别人很像却稍微差劲一点的人，或者各种各样的人。即便是一模一样的人，有就有嘛！明白吗？你马上要死了，只有这一点请千万别忘记了。我稍后就会下手，现在只是说说预感而已。明白了吗？我说的事情请千万别忘记了，好吗，弗里德里克·卡森博士？"

然而，此时弗里德里克·卡森先生被凶器吸引，压根没听进阿巴斯·阿尔汉先生的喋喋不休。从结果而言，认为谁死都无所谓的阿巴斯·阿尔汉先生被夺刀刺死了。死去的阿巴斯·阿尔汉先生告诫了弗里德里克·卡森先生的轻率，还为经历殊死搏斗这种浓密的人际传播方式而感到满足。通过自己的死和教典培育的训诫，在恶魔心里打下一个楔子，他相信这应该会让弗里德里克·卡森先生远离恶魔式的选择。弗里德里克·卡森先生注视着阿巴斯·阿尔汉先生胸口上的伤，而后者感受着意识在稍远处变冷、同时变得清晰起来，到最后仍思考着"时间"。尽管不能呼吸，阿巴斯·阿尔汉先生却说了好几次"时间"。随着身体变冷，本应变得清晰的神经就像昏暗将地面的热量夺走了一般，让他实实在在地假寐过去。阿巴斯·阿尔汉先生最后想到，时间要停止了——他以停止自己时间的代价，在恶魔身上打下了楔子。

但离谱的就是，在进行最后对话时，弗里德里克·卡森先生——你就连阿巴斯·阿尔汉先生都给忘了！就在眼前发生，再说人还是为你亲手所杀的。而你的记忆中，却只把阿巴斯·阿尔汉先生的事当成"反社会人格障碍者造成的杀人未遂事件"，就连具体情况都抹去了。

那么我就在这里，把这么长一段时间里不厌其烦地给你发送电子邮件的理由挑明吧。正是为了有效利用阿巴斯·阿尔汉先生的决死行动，我才会选择这么拐弯抹角的做法。

"的确。"弗里德里克·卡森先生读完这封电子邮件，嘟哝道。这是在横滨的"最后对话"。

"全部读完了？"

"正好读完啦。不过，电子邮件好长啊。假如上面写的都准确无误，你就是在我们初次见面之前便已经发出这些电子邮件了。我邮箱的日期的确是这样。若你没有精心捣蛋的话。"

"面对你这位'最强之人'，我怎么做得了手脚呢？不过……"我稍微停顿一下，喊来男侍应。他什么也没说，只是盯着映在桌布上的红花的影子。我斟上白葡萄酒，喝一口后说道："我和别人不同，我有和你战斗的手段。诚如邮件上写的，毕竟我是'最后结论'嘛。所以我能发出这种电子邮件，也能在你的监视下苟活至今。"

"的确。"弗里德里克·卡森先生想显得游刃有余，但他内心焦虑。他持续失去着记忆，也许是为了试图一直避开错误的判断，但这点此刻却成了弱点。

标题：结论 2020

来自：Yozoh Uchigami 2020/7/25

发给：Dr. Frederick Carson

然而，"最后对话"还是发生在很久之后的事情，此刻，我置身于足球预选赛开始前的主赛场，享受着座位下吹来的空调凉风。离这里约九公里远的"梦之岛"射箭赛场的洗手间里，阿巴斯·阿尔汉先生手持利刃，正对弗里德里克·卡森先生说话。我突发奇想地极想接触异性，所以尝试着触摸邻座安永更纱的手。她对我有点好感，轻轻回握我的大拇指。

让我反复体味的一幕终于要开始了：阿巴斯·阿尔汉先生慢吞吞刺出的刀子，在下一瞬间就到了弗里德里克·卡森先生手中，且不知何时已深深刺入阿巴斯·阿尔汉先生自己的心窝中。阿巴斯·阿尔汉先生撑不住了，双膝一软，一声不响靠在墙上。最后，他脖子一阵痉挛，咽了气。弗里德里克·卡森先生望着插在疯子胸口的刀子发呆，他从模糊的镜子的反射中，知道自己脸上沾有些许鲜血，那红色让他很显眼。

雄壮的音乐突然响起了。周围欢声四起，只有我和安永更纱仍旧坐着。我能看见站在跟前的男子的腰和肩部，透过人们的后背和脑袋间的空隙，还看得见正对面的圣火。我的目光离不开那仿佛烧得变了形的火焰。不知何故，我脑子里浮现出要撒尿的阿巴斯·阿尔汉先生的背影。

"怎么了？"安永更纱问我，但我回应不了。因为我自己也不明白是怎么回事，但思考就像对焦一样将这些形象结合起来。

没准，我在想。没准，我此刻放过了重要的机会？假如是此刻——不，因为已经过去了，所以不是此刻，而是刚才了——我其实能救出阿巴斯·阿尔汉先生的吧？因为他的死亡尚未发生，我只要在事发之前来到二人要碰头的洗手间，事情就会有另外的发展吧？然而，我没有充分懂得那件事情的意义。因为我感觉无论怎样行动，"最棒产品"都会自动升级版本，将我们引向相同的结论。我觉得那才是结论。就连与弗里德里克·卡森先生进行"最后对话"的时候，我还是会那样想。此刻我握着安永更纱的手，想着无论怎样装腔作势，自己都是早已接受那种未来了。

我一边回味安永更纱小姐的手的感触，一边禁不住想象她融入肉海的情形，以及她自己操作"最棒产品"的手势。虽然那是她重复过无数次的动作，但那次有着异于往常的气氛——她已经决定不再解除连接，一直连接着，再也不回头。

雾雨、红色车尾灯、信号的光亮。不知何故，我突然想起喜欢看电影的前女友的事故。沉没于肉海与死亡应该是完全不同的，但不知何故，这种时候，我总是想着死者。

标题：结论 2020

来自：Yozoh Uchigami 2020/7/25

发给：Dr. Frederick Carson

"但是，为什么你知道所有的结论？不，准确地说，一切是你自以为是吧？"当时，弗里德里克·卡森先生如此说道。因为"最后对话"是"人与人"之间进行的、真正的最后对话，所以我必须更加专注于那个场面。

"你一直没有谈话对象吧？"我回应道，"不，其实是有的，但你一直拒绝。你似乎持有'人只需要有一个便足矣'的想法，这挺自以为是的吧？"

"你说我'自以为是'？哎呀，对人类而言什么是'好事情'，我就怎么做而已。的确，我让不如自己的人全沉进了肉海。虽然不是朋友明确挑明的，但也类似继承他的遗志吧。人类前途应该是充满无数种可能性的，也许因为我曾是最强的，所以就成这样了吧。不过嘛，假如让我辩解的话……你不觉得，谁都不会认为自己是最强的吧？"他怀念往日有很多人的时候了，人们意见纷纭，挣扎着，试图去具象化像是散落在茫茫大海中的理想。不过，他也没有特别留恋。

"没错，有人说服我。不，即便不是那样，人们本可凭人数优势，运用法律或者暴力逼我就范的，但无人能够战胜我。我只不过是比任何人都公平、认真地执行而已。不如说，正因如此我才能胜任吧？"

最强之人叫来男侍应,让他新开一支香槟斟上。在这个房间里,不仅是酒,其他东西也都取之不尽。

在外面的世界,尽管人们的遗物都还很富余,不愁吃,但围绕那些中等层次的东西过日子是挺没意思的,弗里德里克·卡森先生准备的"房间"的惬意令人感觉颇具魅力。可让人表现出这样的弱点也挺让我恼火的,我跟他作对般叫来男侍应,让他同样斟上香槟。

"听起来,现在这个状况挺合你心愿的,你赞同这一点吗?"

"嗯……怎么说呢。一定……不,不如说是大家都这么期盼吧。因为记忆支柱是这么告诉我的。原谅我只能这么概括。其实我也一直都很努力啦。嗯,我这种状态也不妨视为赎罪意识。符合这种说法的人也有好几个。"

"没想到'最后对话'挺没趣的。你就像完全没有自由意志似的。不过,'赎罪'是真心话吧?你从刚才就在说斯坦利·瓦卡先生的事情。你还记得他,对吧?"

他没表现出动摇。只不过,他单纯关注我要说什么。与"最棒产品"之外的人谈话,这种机会对他来说已经睽违五年了。然而,他对我的来访感到惊恐,亦可证明他的选择并不完美。在这次谈话中,我就是要试一下,究竟可以指出他的疏忽到何种程度。不过,即便可以使他深刻领悟到这一点,但如果我像阿巴斯·阿尔汉先生那样被忘掉的话,一切就没有意义了。虽然我已经知道这番交锋的结论了,但还是免不了心烦气躁地这么想着。在这之后,我会唠叨友情的重要性,责备他的不诚实,将斯坦利·瓦卡先生轻易逼至自杀。我又从这里引申开去,再三强调爱的重要性,不完美的人们在人生路上磕磕碰碰,拉拉扯扯地一步一步向前走。

于是，弗里德里克·卡森先生反驳说："这么一步一步走过来后，迎来的就正是现在这种状况了。斯坦利死去这件事的确很令人悲伤，但由朋友设计的'最棒产品'——肉海本身，是会在人类历史上留下足迹的，所以一定也如他所愿。感觉和感情的主体不过是临时居所，竭尽全力让"生"最大价值化，接近于心之所向的世界，就是今天的这种状态——不，不仅仅是抵达这种状态，而是要再往前一步。"

"要再往前一步？"

"对。到了你人没了，然后我也没了的时候，那就完成了。当然，次序相反也没关系。"

对话超过了二十四小时，大玻璃墙外的海湾景色一直保持着夜景状态。

久违的横滨之夜也不坏。

标题：结论 2020

来自： Yozoh Uchigami 2020/7/25

发给： Dr. Frederick Carson

  对，那家横滨的西餐厅，就是我和安永更纱初次见面的地方。她几乎没观看过体育比赛，但临近本地举办的奥运会时，她却成了突然猛增的临时体育迷之一。她一边吃晚餐后上的果冻，一边说得像身临其境地看了场比赛一般。虽说这种做法涉嫌公私不分，但为了预定足球和田径预选赛的门票，我还是请了难对付的患者之一——东京都职员帮忙。我们此刻来看奥运主会场的足球比赛了。奥运会期间，每当我走过医院电梯旁的大堂或者病房入口，都会驻足电视机前，感佩地观赏那些锻炼至极致、成为肉海前的人跃动的肉体。此刻眼前进行着真实的竞技，我却不知何故，被别的东西塞满了脑子。

  在进行"最后对话"时，我思考着弗里德里克·卡森先生说的"奥运方式"。那是弗里德里克·卡森先生在梦之岛的射箭赛场面对死去的男子时，脑子里浮现的东西。在回荡着箭矢中靶声的洗手间中，弗里德里克·卡森先生眼望靠着墙断了气的阿巴斯·阿尔汉先生那血染的胸口，一心思考着"好事情"。

  所谓"奥运方式"，是一句渔业常用的话。为了保护水产资源，地区决定了本区域每年渔获量的上限，在到达这个上限之前，渔民可以自由竞争捕鱼,这就是"奥运方式"。相对于这个做法,渔业从业者设立每个人的上限值,叫ITQ方式。按"奥运方式"的话,各从业者根据自己的努力,单年渔获量不一;按ITQ方式,则早就确定了各人的渔获量上限。假如两种方式均设定同等的渔获量总量,则"奥运方式"是"快者胜",那么为了尽快多捕鱼,就会把没长大的小鱼也打捞上来,结果鱼的数量反而减少了;按ITQ方式的话,各人分配了渔获量,为了使卖价最大化,渔民就会只捕捉足够大的鱼,这样更有利于保护水产资源。

"简言之,'奥运方式'是行不通的,因为这意味着收获成果的能力超过了环境潜力。"最后对话之际,弗里德里克·卡森先生做了这样的区分。

"可那说的是渔业吧?"

"不,只是表示方式不同而已,根本之处是相同的。你不是读过教典吗?他也写了吧?在世界的根底之处,有共通的文字、数字、声音。世界以这些东西为内核展现出应有的姿态。所有东西都有一种向完成形态发展的志向,作为均衡那些冲动的结果,'好事情'应运而生了。那就是我所说的这片肉海啊。另外……"

弗里德里克·卡森先生用后脑勺对着我,眺望着外面的大海。他转过脸来,定定地看着我。西餐厅的图像突然垮下来,变成东京奥运会会场。不知不觉中,他坐在我旁边,握着我的手,像置身男子四百米跨栏或女子铅球赛场时安永更纱为我做的那样。弗里德里克·卡森先生的手肉厚且干硬。他望向哗的欢呼起来的赛场——尽管是预赛,也已经产生了世界纪录。

"我那个时候的确在思考'奥运方式'。"弗里德里克·卡森先生说道,"一切人和事都不记得了,但'奥运方式'仍留在记忆支柱里。"

而在现实中，安永更纱于此时使劲握着我的手，说道："内上先生看见了吗？好厉害啊。我可是头一次目睹世界纪录的诞生呢。"

她纤细的手指意外地有劲儿。

"我也是头一次呢。这正是奥运会的魅力啊。"我朝安永更纱笑。我一边这样做，一边在房间里问弗里德里克·卡森先生：

"你选择忘记与否的标准是什么呢？"

不，在时间轴上，这是许久之后的事，并非此刻所为。现在的是回忆……不，也不是。因为这是未来的事情，所以我只是在回味"知道要发生"是什么滋味？

"是不是有点儿恍惚？是啊，没准是你被感动啦？"

不，我并非因感动才沉默，而是思考我当下的环境。然而即便我想把这意思传达给她，想必也无法顺利达成吧。我一直这么生活过来，很明白即便说出这种感受，也得不到任何共鸣。因为我通晓过去与未来，所以也明白此时为什么会有这种感觉。毕竟对我来说，时间就如同一件可以拿在手上的东西。

"是吗，你那么确信啊？"

弗里德里克·卡森先生的声音让我回过神来，回到横滨。他的脸就在眼前。

"不过，你的那种确信是正确的吧。说真的，你很难把握'现在'的概念吧？我有这种感觉。为此，你才拼命思考'现在'吧？我倒是能感觉到挺可怜的。哎，内上用藏先生……"

弗里德里克·卡森先生举手喊来男侍应。年轻男子身穿整齐的白衬衣，向我们出示酒标。我感觉他的微笑挺纯朴的，但弗里德里克·卡森先生在同一场所看见的，是身穿晚礼服、年届不惑的男人。

咕嘟咕嘟，透明的液体伴随着令人心情畅快的声音被倒进杯里。随着杯中香槟增加，我心中浮现一个疑问。

"你那么确信啊？"弗里德里克·卡森先生说道。

但是，为什么他看得出我没有说出口的想法呢？

"你没必要惊讶吧？你不是将这个场面写进邮件发给我了吗？因为我已经读过了，所以就完全不奇怪了嘛。就连我现在这么说话，也只是原原本本地复制了你描述的内容吧？不过，假如你不这样觉得，那又是怎么回事呢？假如你觉得惊讶，是不是就说明你的感觉没准是错的呢？假如是那样，那么包括我说的内容在内，'这些'究竟是怎么一回事呢？"

这些？

"我读了你发给我的那些违反时间规律的电子邮件，然后可以说出这番更加违背时间规律的发言——假如是这样，就产生矛盾了。假如发生了违反因果律的事情，得出的答案就只有一个。也就是说——"弗里德里克·卡森先生用香槟润润嗓子，然后倾身向前，盯着我的眼睛，和我几乎鼻尖相碰，我的身影则映在他的灰眼珠子之中。

"也就是说，这些并不是现实。而你特地忘掉那部分事实，而且身上还加上了这么一个限制：只识别围绕结论的某个事实。目的是为了验证排除哪部分才是上策。你觉得，现实中能存在'这些'吗？不过，这个说法也不对。'这些'不是'不现实'，也许该说是'并非简单的现实'。'并非简单的现实'，当然也不是假想现实，我们身处超越那些概念的场所。要我说的话，我们应身处超越式的现实主义世界。而你与其说是'最终结论'，不如说是行星，我则是'最强之人'。"

"等等，我没弄明白。"

听我这么一说，弗里德里克·卡森先生哼哼一下，又笑着说：

"简单直白地说，是不可能有这些电子邮件的吧，蠢货！"

然后，他再次叫来男侍应，斟上香槟。

"嗯，目前就那样也行。反正，你都已经是肉海啦。"接下来的一瞬间，横滨的图像垮下来。在认出那是太阳之前，我已被晃得收缩瞳孔，由此可知已到达野外。我们仿佛置身于巨大的岩石山上。唯独那张和横滨西餐厅一样的桌子，成了这里又是弗里德里克·卡森先生制造的"房间"之一的证据。我走到岩石山边缘，往下窥探。一条河流穿过狭缝，像缝合岩石山一般。风吹起，尘土模糊了视野。河水几乎不动，水中就像生长着苔藓或浮游生物一样呈暗绿色，吸收了阳光也没有明显反射。也就是说，那就是肉海。我的视野前方有化为废墟的城市，凝胶状的东西互相拉扯着，像填补腐朽楼群之间的空隙一般。城市和肉纠缠着。

"人类的最终目的就是如此吧。而那就是完成状态，太棒啦。"

"肉海？"

"对，也就是说，是你啦。"

"我？"

"对，以及，我也是。"

"为什么肉海就是我们？"

"这个嘛，你好好听着：我现在要说的事情，才是你忘了的事情。不，是你此刻想要忘掉的事情。"弗里德里克·卡森先生眯着眼睛，饶有兴致地看着我的反应，"你知道吗？你呀，就是那片肉海的理想代表人格啦，也就是那些令人恶心的肉块的思考本身啊。而今时今日的你，停滞于长久的安定却反而开始思考:可不可以从别的角度得出结论呢?因为一个结论已经出来了,再也不能改动了。所以你——倒不如说是人类吧,你们决定重回个体了。为此,你现在试图忘掉自己曾是人类理想的代表人格这一点。你此刻正试图从沉没于肉海的人类记忆之中,重新构筑'人'的概念。所谓失去了的'个体'是什么?所谓寿命、他者、时间是什么,你把那些搞不懂的人都叫作'透明人'吧?不过,当人还是'普通人'的时候,对自己以外的事情都是这么认为的吧。你打算就那么逐一验证下去,挣脱肉海,变回一个人。生命的神秘,自然科学的事实,艺术的精髓,爱的本质,以及刚才我俩谈及的一切定理,这些东西全交给我就好,你尽可安心隐藏到'个体'之中,隐藏到所有人变成透明人的、立足于原本意义的'个体'里面。姑且得出'悬浮于虚空的肉海'的结论。假如你能推导出超越它的结论,便能使用存于我方的真实,随时分解肉海,重新构成理想的实体。所以,你不妨一次次慢慢试,不妨隐没在'个体'和'现在'里面。"

弗里德里克·卡森先生倾吐心声。一切能称之为人的东西都已成为肉海。他真心相信,我就是最后的人类,而已变成行星本身的我为了验证人类走过的路,现在打算重返"个体"。假如那是正确的,那么弗里德里克·卡森先生就不会是实在的,而是一个会应我的需求、类似虚拟引导者般的存在。然而,他的这一认识从一开始就错了:他稍早前读了我写的这封邮件,只把喜欢的部分塞进了记忆支柱里,为保住最佳效果而抹去了其他的记忆。他头脑高速运转的结果,只是为了压制我,或至少将条件摆平。

我就领会到这里了,但他眼神里充满自信,向我使劲点头。不仅如此,他还来说服我:"曾经的我啊,早早沉进肉海了。此刻说话的我,不过是身为行星的你创造的幻象而已。好了，回去吧。当你带着确信重返肉海时，'好事情'将会完成。无论是透明人，还是对时间的感觉，全部恢复'出厂设置'吧，想重来多少次，就重来多少次吧！期待得出别的结论那一天！"

"来吧！"他招手的前方，横滨的图像产生了裂缝。

标题：结论 2020

来自：Yozoh Uchigami 2020/7/25

发给：Dr. Frederick Carson

　　弗里德里克·卡森先生梦想着我沉入肉海后的情形，也梦想着自己最后也进入肉海后，"好事情"完成后的情形。他从上空看着绿糊糊的凝胶状人黏在地球表面。虽然看起来与大海接触，绿成了一片，但一边是生命，另一边几乎都是水和盐。视点迅速上升，看得见大陆的形状，地球的背景成了虚空。以太阳为中心，四周散布豆粒大的行星。位于视野正中的地球依然很蓝。突然，行星上冒出火花。那些火花像是代表约定的戒指一样，缓缓地呈圆形扩散开来。他想，那一定是很久之前那种威力巨大的炸弹，记忆支柱上有的。不过弗里德里克·卡森先生错了，那就是烟花。许多节庆都是这样，和烟花一起开始，和烟花一起结束。而——对了，现实中的现在，我置身东京奥运会会场，跑道上正进行着田径预选赛。看台上观众满座，一半以上是日本人，也有很多外国人。某个从动乱地区请来的外国孩子对眼前出现的情景没有概念，难以消化自己在想什么。那孩子的父亲处于自视为英雄与自卑感混杂的状态中，被团伙头头洗了脑，任人摆布地拿着枪沐浴在战火之中，最终没了命，母亲则远在离孩子这里一万两千公里的地方，天天忍饥挨饿——他们国家的选手在刚才结束的四百米栏第二轮小组赛中失利，往肩头搭着毛巾，在休息室里待着不动。孩子身旁坐着难办的患者之一——那位东京都职员，虽然每回日本运动员出场他都拼命加油，但在田径项目方面亚洲人实在是赢不了。当然日本代表团不会因此放弃。作为运动员，跨越人种的体格差异去争取胜利是理所当然的事情，即便不能取胜，也要尽量拼搏一番。想来真是崇高的行为。而且，许多人觉得这也是和自己的一场战斗。与国籍、人种无关，几乎所有运动员都想超越昨天的自己，这种想法落实在就算只能改写一丁点记录的动力上面。但对于已过巅峰期的运动员来说，要对付的对手并不是过去的自己，他们要发挥自身，或者在现有条件下做出最佳表演，意识全部集中于能为自己贡献什么。我明白，这种情况几乎在所有赛场，在奥运会期间一再发生，并不限于这一场赛事。得出以肉海为终点的结论，赋予它各种各样发现真相的过程也是同样的道理，每一瞬间都会带来或好或坏的亢奋。从结论而言，奥运会颂扬的各种美好品质，它们的积累不久将引导我们前往肉海。

"没错没错没错。那才是、那才是——"弗里德里克·卡森先生耐不住沉默，一边晃膝盖一边喊道。无话可说的我们开始比耐性，现下已过去颇长时间。在"最后对话"中，公平竞争起见，弗里德里克·卡森先生停止抹去记忆，走入裂缝中，回头催促我进来，然后匆匆说道："结局是一样的呀，无论你在前还是我在前。所以我就先进去了，你随后来吧。那就行啦。"他消失在裂缝前方。我眼前只剩下了从正中间裂开的横滨夜景图像。

然而，我不明白：这算哪一种情况？是如他说，我是行星本身，还是说最强之人弗里德里克·卡森先生一心想赢我，最终却输了呢？连支撑答案的证据也没有，我只能久久地凝望着裂缝。很快地，我忽然想到：我身上脱离"一般性"的特质，岂不是可以成为线索？例如，像他消失前所指的，我称之为"透明人"的人，对他人而言就是一般的"他人"，这一点我并非不知道。同样地，我身上似乎存在一种感知时间的特别方式，正是它引导我得出了诸多结论。所以我无法茫茫然地将对着空无一物的裂缝发呆的世界和"现在"相提并论，这种视角或许也脱离了"一般性"——因此我其实对"现在"的感觉毫无概念，只不过是在看了之后模仿，再将我经历过的许多时间之一确定为"现在"而已。在时间轴上，比确定为"现在"的时间点后面的事情被称之为未来，将在这时间点之前的事情称之为过去，一般而言是这样的，但我分不清这种区别。例如，"现在"和"过去"不同，因为"现在"可以做出选择，而"过去"不行，这么想或许是很一般的。但我所选择的"现在"，纯粹是权宜之后选出来的，因为我无法区别对待过去和未来。我试着在弗里德里克·卡森先生沉入肉海的瞬间与之意识合一，打算在他进入裂缝前抓住他的手腕。我就那么抓住了。

"还有什么事需要我吗？"他说。

"我还没说够啊。"我回应道。

他满意地点头，重新坐回椅子。过了一阵子，在一轮相似的交锋之后，他果然还是跳进了什么都没有的裂缝。除此之外，我还做了种种尝试，例如在斯坦利·瓦卡先生被逼自杀之前，我前往美国，使他避免患上抑郁症；使我那个在男招待时代交往的、喜欢电影的女友避免遭遇事故，虽然我觉得影响并不大；或者在阿巴斯·阿尔汉先生和弗里德里克·卡森先生在洗手间相遇前拖住其中一方，使之避免相互搏杀。只是，结论仍然没有改变。在二〇二〇年的时间点，我的所在之处或是东京，或是伊斯坦布尔，身边的或是安永更纱，或是从诊室跟来的护士，或只是独自一人，但即便如此，结论本身也没有变化。当然，也出现过"最后对话"的对象不是弗里德里克·卡森先生的情况，但最终仍会发生相似的事情。

事物这般千变万化，我总是以相当大的概率前往二〇二〇年的奥运会赛场观战。有那么一次，我得到了男子百米赛跑决赛的门票。在黑市拍卖的话，那可是不低于十万日元的白金门票。

微乎其微且毫无根据的概率，令出战决赛的艺术肉体持有者们以蹲踞式起跑姿势等待着发令枪声。

枪声一响，他们便以人类最快速度，飞奔在这个行星上。

原作名：太陽・惑星 ； 作者：上田岳弘
TAIYOU・WAKUSEI by Takahiro Ueda
Copyright ©Takahiro Ueda 2014
All rights reserved.
Original Japanese edition published in 2014 by SHINCHOSHA Publishing Co., Ltd.
Chinese translation rights in simplified characters arranged with SHINCHOSHA Publishing Co., Ltd.
Chinese translation copyrights ©2022 by Guangzhou Tianwen Kadokawa Animation & Comics Co., Ltd.
著作版权合同登记号：01-2021-6338

图书在版编目（CIP）数据

太阳・行星 /(日) 上田岳弘著；林青华译. —— 北京：新星出版社，2022.4
ISBN 978-7-5133-4783-9
Ⅰ.①太… Ⅱ.①上…②林… Ⅲ.①幻想小说—小说集—日本—现代 Ⅳ.①I313.45
中国版本图书馆CIP数据核字(2022)第029135号

本书为引进版图书，为最大限度保留原作特色，尊重作者写作习惯，酌情保留了部分外来词汇。特此说明。

太阳・行星

［日］上田岳弘 著；林青华 译

责任编辑：李文彧
特约编辑：刘嘉欣
责任印制：李珊珊
装帧设计：杨 玮

出版发行：新星出版社
出 版 人：马汝军
社　　址：北京市西城区车公庄大街丙 3 号楼　100044
网　　址：www.newstarpress.com
电　　话：010-88310888
传　　真：010-65270449
法律顾问：北京市岳成律师事务所

读者服务：010-88310811　service@newstarpress.com
邮购地址：北京市西城区车公庄大街丙 3 号楼　100044

印　　刷：凸版艺彩（东莞）印刷有限公司
开　　本：890mm×1240mm 1/32
印　　张：5.875
字　　数：130千字
版　　次：2022年4月第一版 2022年4月第一次印刷
书　　号：ISBN 978-7-5133-4783-9
定　　价：55.00元

版权专有，侵权必究；如有印装质量问题，请致电：020-38031253